长篇小说

心 旅

周振南 著

远方出版社

图书在版编目（ＣＩＰ）数据

心旅 / 周振南著． -- 呼和浩特：远方出版社，2024.1
ISBN 978-7-5555-2027-6

Ⅰ．①心… Ⅱ．①周… Ⅲ．①长篇小说－中国－当代 Ⅳ．①I247.5

中国国家版本馆CIP数据核字(2024)第 019455 号

心旅
XINLÜ

著　　者	周振南
责任编辑	蒙丽芳
装帧设计	青年作家网
出版发行	远方出版社
社　　址	呼和浩特市乌兰察布东路 666 号　邮编 010010
电　　话	（0471）2236473 总编室　2236460 发行部
经　　销	新华书店
印　　刷	三河市双升印务有限公司
开　　本	880 毫米×1230 毫米　1/32
字　　数	147 千
印　　张	7.75
版　　次	2024 年 1 月第 1 版
印　　次	2024 年 1 月第 1 次印刷
标准书号	ISBN 978-7-5555-2027-6
定　　价	68.00 元

如发现印装质量问题，请与出版社联系调换

我忘了人生中的第一粒盐
是什么味道
那时还没有海水
只有泉

我忘了生活
不是在沙滩上写几个字
而是打碎石头
含在嘴里

我忘了星辰大海，村庄农田
忘了地上的人
总想知道树上的东西是什么味道

我忘了生活的困苦和辛酸
正如我坐在海边
忘了人生中的第一粒盐是什么味道

——周振南写于海南
2023年1月18日

晨光里的布达拉宫

来自茶卡盐湖的信箱

【1】

"在对面的服装店,不对,在服装店的对面,穿黄衣服的女孩。你仔细找找。"电话里的女孩耐心地提示我,声音温柔而干净利落。

"没看见。"我说。

我举着电话,扬起脸寻找,眼里都是密密麻麻的人。

"公交站旁边,这里!我看见你了。"她说着挂断了电话。

忽然,距我不到二十米的公交站边,一个穿黄色短裙的长发女孩出现在我的视野里。她身后是闪着荧光的服装店招牌。这是我一个多年的朋友,得有四五年没见了。我放好手机,向她走去。

我即将开启一趟去往西藏的旅行,临行前,我决定在这座城市停留一晚,碰碰运气。运气不错,她答应来和我见面。但我也立马发现,一切或许并不会如想象中那般顺利,这从最初她脸上的客气和那因疏于联系而显出的肢体僵硬可以看出。

她刚下了班走路过来,还有点儿喘。我环顾四周,这里是这座城市最新的CBD(中央商务区),一座地标性的方形大厦居高临下,周边建筑和设施与其遥相呼应,由这里向四个方向延伸出去，目之所及都是借着夜色寻求刺激的年轻男女。作为眼下最繁华的步行街十字路口，离她工作的地方不到几分钟路程，不知这是不是吸引她从青岛辞职回来的一个原因。

"往这边走，有一家店很不错，是我们土家族正宗的特色菜。"她笑着对我说。

我跟着她走，琢磨着该进行怎样的话题才显得自己既有礼貌又有教养。

"吃过吗？"我毫无水准地问。

"嗯，跟朋友来过几次。"她大方地回答，"保准你回味无穷。"我们走过一栋非常宽的大楼，一阵穿堂风从它的地下车库吹来，险些把她的包从肩膀上掀起来。她用手护住，撩了一下耳边的头发问我："你最近怎么样？什么时候结婚？"

"不知道，没结婚的想法。最近不太好。"我动着嘴皮子，却心不在焉，心里重复她的话"跟朋友来过几次"，她说话的艺术丝毫没变，对谁都从来不把话说准确，除了她自己之外的所有人都是朋友，提到次数也永远是几次，绝不会具体说一次或者两次，相处得越久，对她就越不了解。这是她的独到之处。

"怎么，又伤了哪个姑娘的心？"她轻蔑地对我笑了一下。

"哪能呢！"我十分委屈地苦笑道，"也没哪个男人会因为伤了某个姑娘的心而赌气不结婚吧。"

"才不信你。你大学时就喜欢伤姑娘的心。"

"我在你心里就是这样的人?"我自嘲道,"好像来来回回,也就伤过你一个吧,而且还是在我毫不知情的情况下。"

"那谁知道呢。你们男的都一样,嘴硬,心也硬,完全就是石头里蹦出来的没心没肺的东西。"

走过一条美食街时,我特意注意了一下旁边的一条小道,一个骑着黄色车子的外卖小哥正焦急地往那边赶,我今晚住宿的旅馆就在那边的楼上。一对穿黑白情侣装的年轻人拥抱在一起,看样子是刚从楼上下来,马上面临短暂的分离。我们走过一处红绿灯,就到了她说的店。门口站着两个穿着土家族服饰的女人微笑着弯腰欢迎客人。我发现她们的脸有一种油画般的感觉,皮肤细嫩到反光。这种服装看着会让人感到温暖,仿佛是自己在穿着这种厚重的特色服装。

服务员领我们上了二楼。人满为患。我们被安排在中间靠边的位置,地方还算宽敞,一边是靠墙沙发,一边是软座木椅,进出自由,现在很多餐厅都这么设计。她走到沙发边坐下,我看了看这张桌子,巨大无比,坐在对面或许会妨碍讲话,于是便跟着坐在她旁边,她像被人碰了一下,很惊讶地弹起身体望着我,像是无法理解,接着便坐到了对面的椅子上。我不失礼貌地笑了笑,看看旁边一对情侣并排坐在沙发上,男的衣服上烫着金丝边，女的着装成熟而有魅力。我在她刚才的位置上坐下，心中升起一股无名的怒火让我如坐针毡，原本苦恼的心情更加苦恼了。

服务员把菜单递过来。她边看菜单边问："说说看，你这是准备出远门吗？你绝不可能是来找我的。"

"去拉萨。本来可以直接去的，但我还是决定在这里停留一下。"

"为我？"

"可以这么认为。"

"呵呵。"她笑道，嘴角向一边翘起，"你这话骗骗小姑娘就行了。我，想都不要想。"见过跷二郎腿的，没见过翘着嘴角的，这习惯她从大学时就没改过，给交谈者一种鄙视和厌恶的感受。

我没有接她的话，笑了笑。对她我现在逐渐无话可说了，她似乎越发地对周边的人毒舌起来。

我把眼光看向旁边，斜对面是一位身着西装的男士和一位年轻的女士，男士在和女士分享职场经验，女士听得十分认真，就差没拿小本子记下来。再过去是一家老小五六口人，正在给最小的男孩过十岁生日，两位老人脸上都带着慈祥的笑容，但举手投足又十分客气，看起来应该不是夫妻。再远处，我的视线有点儿模糊,应该是一群刚参加完高考的年轻人在聚会,他们有说有笑,只是其中一个男孩沉默不语,在举杯时借机瞟了一眼斜对面一个聊得正欢的女孩,不对,我不能确定他是不是真的在瞟她,只能说他的头是向着她那边看的。我有点儿假性近视,但这不能怪我,要怪就怪那些小说太好看了。

"就这些。"她把打上钩的菜单递给服务员。

"需要酒水吗?"

"不用,谢谢。"

服务员优雅地笑着离开。

"你一个人去拉萨?"她又带着那种翘嘴角的笑望着我。

"是。"我把头转回来看她。

"怎么不和朋友一起上路?"

"这不,来找你。"

"很抱歉,我没有假期。年假要留着下半年用的。"她莞尔一笑,"而且我有男朋友的。"她摆弄着手机,似乎在应付工作上的事情,"你等一下啊,我得回几条短信。"

我耐心等候着,这时那个正在过生日的小朋友要上厕所,他的妈妈起身带着他从我身边经过,一股茉莉花的清香钻进我的鼻孔,她头发上别着一枚带着两颗小樱桃的发卡,给我留下了深刻的印象。那帮聚会的年轻人似乎开始玩起了真心话大冒险的游戏。

她最后又瞄了几眼手机才放下，说：“我待会儿可能还要回公司加班，有些事情必须我去才能处理。毕竟大小也是个组长，权力不大，要管的事还挺多。”

我喝了口杯中的水，寻思着这次会面的真正目的，要不然她又要消失不见了，于是说：“我还记得上学的时候，我们经常在一起散步，学校后面那片荷花塘，还记得吗？我还记得你那时经常头痛，现在好了吗？”

"不记得了，头痛也好了，定时吃药就行。"

我带着怀疑的眼神看着她，以前的她总有些忧郁，跟眼前的她判若两人。

"你不是分手了才从青岛回来？"

"是啊，可你也没来追我。这个男人挺爱我的，还不错……"

"所以就跟了他？"

她没有回答。我沉默了一会儿，寻找话题。

"青岛怎么样？跟我说说呗。"

"挺好的。适合居住，也适合工作。要是没跟他分手，我会一直留在那里。"

"分手原因呢？"

"还能是什么，不爱了。"她扯开话题，"说说你吧。好好的怎么一个人跑去拉萨那么远的地方,不是失恋,就是闲得无聊。好多人都因为高原反应不敢去。"

"确实是因为失恋,但并不闲,我去是要寻找一个东西。"

"什么东西?"她喝完水,问我。

"粗枝大叶。"

"什么东西?"她又问了一遍。

"我也不知道。"

"什么东西?"她苦笑着自言自语第三遍。

"我也不清楚到底是什么。所以才要去找找看。"

"听名字,像是一幅画吧。"

"也不一定。"

"你说你要找东西,却不知道自己要找的是什么东西,这有点儿不合常理。"

"我没有会作画的朋友。"

"说不定真是一幅画,而且是遗失已久的国宝,一定很值钱。去,找到了分我一半。"她一本正经,却还是带着她那让人生不出好感的笑。

"说起画,你很像柯罗晚年笔下《蓝衣夫人》里的人物,说的是一个贵妇穿着蓝色百褶裙单手托起下巴,另一只手拿着一把折扇。"

"为什么是晚年？我讨厌晚年。"

"但他画的是一位花季女性啊。"

"画的是花季女性，但他已经老了，也就是说他画的是晚年眼中的花季女性，这跟年轻人眼中的年轻人是不一样的，他这是老年人眼中的年轻人。"

她接着问："这画哪年画的？"

"1874 年。"

"这不，都一百多岁了，能不老吗？"

"你逻辑思维还挺缜密。"

"脑子够用。"

这时服务员开始上菜了。不用再动脑子，开始动嘴了。她边吃边为我解说这几道菜是用什么食材熬制多久才做出来的，还特别提到里面添加的几味至关重要的中药材。话题转来转去又回到了工作上，她说起自己在青岛的艰辛和回到这里后的迷茫，以及后来如何最终决定沉下心来。丝毫不用揣测也可以得知，她是一位不甘平庸的现代女性。

这时我再细细观察她，竟惊讶地发现岁月在她身上留下的痕迹巨大而深刻。她不是那种长得美的女性，尤其还总带着那种让人感到不自然的微笑，甚至会让人想要疏远她。不过，她戴着那种有着巨大镜片的圆圆的近视眼镜，这种圆圆的镜片跟她的瓜子脸十分相配。眼下，她稍微笑得用力一点便会挤出抬头纹跟鱼尾纹，再仔细看，还能看到鼻纹。她的手臂也有了赘肉，手却干枯得像春天还未发芽的树杈，并且青筋暴起，仿佛里面的血液随时可能喷涌而出。

这时她又说起了工作。我千里迢迢到这里不是为了听她抱怨工作来的，但又不好意思打断，一来显得很不礼貌，二来我也没找到共同话题。我不禁怀疑眼前这个完全被工作支配的职业女性是不是那个大学时代暗恋我的女孩。时光没有把她雕刻成精致的模样，相反，处处显现的都是它留下的粗糙痕迹。

"没办法，生活还得继续，"她吃完嘴里的饭菜停下说，"我也想轻松地做一个柔弱的小女子，有人呵护、宠爱，可惜生活不允许，我家里的事很复杂，很多责任都需要我承担，也是因为要顾及我家人这边，才渐渐与前男友有了嫌隙，但我坦然接受，毕竟这也是我们双方作出的选择。"

"你也可以有选择的，不必活得这么累。"

"我跟你不一样，你可以不想就不想，我做不到。就像在青岛的这几年我有时会想起你。我承认，跟他在一起心里却装着另一个人，这对他似乎不太公平，但我也无能为力，因为我做不到不想你。"

我不知如何往下接，她越坦然和镇定，我就越自惭形秽，她的话似乎在有意地提醒着我当年对她的不屑一顾。除此之外，我不知道她这番话到底是在说我，还是在说她的工作问题。

这顿饭已接近尾声，她早早地放下了碗筷，看样子很着急。离我们最近的那对男女已经走了，聚会的那帮高中毕业生也似乎吃完准备赶往下一个场所，只有庆祝生日的那一桌还进行着不温不火的谈话。我们这次对话没有达到我设想中的效果，每次我想回忆我们当初的大学时光，她就会七拐八拐地转回到她的工作问题上。这种情况像是发生了对调，当初每次见面她都会率先进行回忆，如同我现在做的这样。我想，世事无常，在意的人和不在意的人发生了颠倒。

"走吧。我还得赶回公司一趟。"她提起挎包快步走向收银台，"结一下账。"她把单子递给收银员。

"我来吧。"我掏出手机。

她用手挡住了我："我来。等下次我去找你，你再请。"

我怏怏地退到一边。

墙壁上的扩音器响起已收款的消息，我们出了门，依照刚才过来的路线返回。

"让你破费了。"

"你太客气了。跟我还来这一套。"她微笑着推开门，我感到一阵强劲的风从路的深处吹来，像要扑倒行人，"你明天什么时候的票？火车还是飞机？"

"明晚七点。火车。"

"噢，"她陷入沉思，接着说，"那祝你顺利吧。明天我估计也得加班，就不能来送你了。"

"太客气了。不用，你好好工作吧。"我微笑道。

街上行人比刚才还多，夜色像是一锅白粥，从下午五点开始到晚上十点，越煮到后头越黏稠。不少刚下班的上班族穿梭在逛街的学生中间，样子疲惫不堪，和无忧无虑的学生形成鲜明对比。夜色中的解放西路辉煌无比，各色店面的霓虹灯交相辉映，拿着各种小吃和冷饮的人们摩肩接踵，物质繁荣到人们都来不及思索自己的生活是否需要这么多的物质填补，内心就已经被占据。往远处看，所有的建筑在那座最新地标 IFS（国际金融中心）面前黯然失色。

我们路过奶茶店。

"喝杯什么？"她转过头问我。

"进去看看有什么。"

我们进了店，前面有几位客人在排队。

"一杯巧克力奶茶，加冰。"她对柜台的服务员说，转过头问我，"你来杯什么？"

我仔细看了一下饮品单，口味种类很丰富。

"草莓奶茶。"我对她说。

"加冰？"

"不加。"

"再来杯草莓奶茶，不加冰。"她转过头对服务员讲。

"好的，一杯巧克力奶茶加冰，一杯草莓奶茶不加冰，一共收您三十六元。"柜台小哥礼貌地微笑着。

我琢磨着这杯饮料该我来请了，却还是被她抢了先。

"你都特意来看我了，不用跟我客气。"她望着我笑。

我听出了她语气中的不信任，没有作声，只是笑了笑。我忽然有一种感觉，她把跟我见面当作一项工作完成了，执行迅速。十分钟后我们举着奶茶出了店。

"你住哪儿啊？"在沉默地走完一段路后她说。

我指了指旁边的一栋楼。

"噢，这么近啊。那你上去吧，早点休息。我要赶回公司了，现在估计都乱成一团了。"她看了看手机上的时间，没有停下脚步。

我跟上她，说："不急。我送送你。"

"不用了，你回去吧。"

"就送到刚才见面的公交站。"

她没有再说什么。就这样，我们很快就到了刚才见面的地方了。

"你几点下班？"

"不知道，"她有点儿愁眉苦脸，"看情况，早的话九点，不顺利的话得十点之后了。"

"那还有时间见面吗？"

"待会儿再说吧。"还没等我再开口，她便边走边挥手了，"再见！"

等她走远了我才反应过来她走了。我僵硬的手还停留在空中，她就已经背对着我了，我忽然感到手中这杯奶茶也看出了我的尴尬，在往回走的时候，我把它丢进了垃圾桶里。我一点儿也不喜欢喝奶茶。走出几步，我又转过身去看她，夜色里，她的黄色上衣和褐色短裙渐渐模糊，她一手护着挎包，一手举着手机在交谈，行色匆匆的样子完全不同于大学时的步履缓慢。我突然有点儿欣赏她了。青岛那几年的艰难没有将她击倒，今天她总在回避着我们的过去，对她而言，那些不堪回首的往事还是不要回首的好。

我朝她的背影挥了挥手，无声中说了声"再见"，便转身朝自己的住所走去。我想我会找到"粗枝大叶"的，这就像梦想，你虽然不确定它是什么，但你知道世上有梦想这回事。

【2】

到了晚上九点,她还没有下班,说是不能来见我了。我没感到意外,丢开手机,开始洗漱。这个小小的旅馆很有意思,它不属于酒店,也不属于青旅,阁楼又不像阁楼,走廊看着又矮又窄,是一层楼分隔出来的两层旅店。房间小如麻雀,五脏俱全,身体却不自由,床和墙壁间只差一个肩膀的距离,我的房间最大的可炫耀之处便是由小长方形窗户看过去正好望见IFS(国际金融中心)大楼。

我洗完澡吹干了头发,把洗好的衣物用衣架晾起,小心地挂在窗户外头,注视了好一会儿楼下的车水马龙、灯红酒绿,我才从发呆中惊醒过来,单穿内裤光着膀子吹着空调,刷着朋友圈。我认为现代人最大的幸福便是可以什么都不干,也能让时间在自己的重复性动作下变得有意义起来,比如刷朋友圈、刷短视频,一刷就是一上午也不觉得浪费时间。我喝了口水,去窗户边上看了看衣服还在不在。外面风很大,我的衣服被吹得七扭八歪。我在镜子前照了照,不胖也不瘦,两根锁骨可以用来养鱼,眉毛粗而无规则,鼻子高挺,嘴唇却薄。我上了下厕所,又重新回到床上躺下,打了几把游戏,顿觉索然无味。

我又打开短视频软件，看了一个多小时跳舞视频，也觉得索然无味，倒不是跳得不好，而是跳得太好了，系统一刻不停地推送相似的跳舞视频，看得多了，反应也就自然麻木起来。我放下手机，拿起随身带来的一本小说读起来，等读到男主和女主因为误会分开，我终于困了，一觉睡到第二天上午九点。伸完懒腰起床的第一件事就是趴在窗户上仔细看了看，三个衣架都没少，我舒了一口气，上完厕所又回到床上躺下发起了呆。

说起来我不觉得这趟拉萨之旅会有意外的收获。我只不过在打发时间。晚上没睡好，偏头痛又犯了，我侧过身，让脑子好受些。午餐我点了个外卖，晚餐跟午餐一样，一直到我到达火车站，我等待的消息依然没有来。

火车站让我忆起多年前的那个中午，太阳炙烤，广场上到处都是全国各地赶来报到的大学生，可大家丝毫没感到炙热，各路公交车带着我们行驶在崭新的城市大道上。我坐在802路公交车上，眼前掠过从未看过的景色，如同在校园里见了从未见过的很多美丽女孩。

大厅里已经没有座位了，我就近站在了饮水机边上。一个中学生模样的女孩带着一个小男孩在接开水冲泡面，远处家长在叮嘱他们小心热水。

三人一队的巡逻人员向这边走来，带头的一个看了我一眼，马上就走出了我的视野。我扫了一眼，显示屏上只出现了一趟Z264列车的信息，乘客大部分打扮为灰色调和暗褐色，少有年轻人，年轻人只稀稀拉拉地出现在人群中。

　　Z264像往常一样晚点十分钟，不到一会儿又调整到晚点半小时。我把包从肩上卸下来放在地上，准备进行长期的等待。经常坐火车出门的朋友会发现一个有趣的现象，火车晚点通常跟站点有关，这个站只要有一趟火车经常晚点，那其他路线的火车经过这里也经常晚点。

　　火车终于到站，我跟着人群走进这趟开往青藏高原的绿皮火车，我买的票是卧铺，第一节车厢第一列床位的上铺。这个床位最大的弊端在于无法直起身坐在床上。走廊里的两个小板凳上坐着一位老人和一个小孩，下铺坐着另一位老人和另一个小孩，看上去应该是一对老人带着两个孙辈。我把沉重的包放在下铺，思考着怎么把行李放上去，我脱了鞋，开始往上爬，到了中铺，我的头终于够到上铺了，扭头的时候我心里咯噔了一下，有人。

　　对面的上铺正躺着一个年轻女人，她玩着手机，没有看我，还嗑着瓜子，瓜子壳用另一只手拿着。我看了看自己的铺，两手撑着我的铺和她的铺，转了个身，检查行李存放处是否还有多余的空间。我有点儿担心，这不大的空间里已经装了三个皮箱和好几个背包，要想放下我的行李，剩余的空间明显不够。

我尝试着拽了拽这些行李，看能否把空间重新分配，可它们就像被钉子固定了一般，纹丝不动。

"您可以放这里。"

对面上铺的那个年轻女人此刻动了动肩膀，侧身翻过来趴在被子上，用手抓拉了一下自己的包，一个很大的空间立马出现了。

"对您不方便吧？"我有些心虚。

"没关系。"她莞尔一笑。

我从上铺下来把包推到中铺，再踩在中铺上把包推到上铺。

"来，给我吧。"她从上铺探出身子，一把接过包，两手抓住背带往上一提，再一塞，我的行李就妥妥地被安排进了行李包之间。

"谢谢。"我对她笑了笑。

"您客气了。"

"再劳驾您，帮我拿一下充电宝和耳机，还有一瓶水。"

她找到拉链，拿出我需要的东西递给我，再拉回拉链把包放回原处。

"感谢！"

我接过她递给我的东西，眼里满是感激，暗想接下来的旅行尽可能不麻烦她动手。她的脸型属于鹅蛋脸，很大气的一种俊美和潇洒，淡棕色的卷发恰到好处地围在她的肩膀和脖颈之处，白色T恤衫干净而好看，跟白色的床单和白色被套区别明显，她半盖着被子半将身子放在外面，一看她的眼睛，便觉有一束光照过来，令人无法直视。我上自己床铺用手撑她床铺边时不小心跟她对视了一眼，我感到自己脸上一阵火辣辣的。

我爬上自己的床铺正准备躺下，才发现睡在上铺转身是一项艰巨的任务。我得像她一样把头睡在过道这边才方便进出，最后却发现爬上去我头朝里面，左转也不是，右转也不是，左转会碰到墙壁，右转会碰到腿，最后半跪着一条腿才转身成功，躺下后我想起应该盖个被子，便下意识起身去床尾，砰的一声，我被弹回床铺。

旁边的她看得笑出了声。

"对不住，实在憋不住了，哈哈哈！"

我捂了捂碰到的地方，也笑了："什么时候把这过时的绿皮车换掉，哪怕改装一下也好啊。"

我只好暂时放弃盖被子。

"我刚上来时也这样，放低身子就对了。"

她似乎有一种魔力，我忍不住想要多看她几眼。火车还没有开动，外面还大亮着，今晚七点到明晚七点，整整二十四小时的车程，很多事都可以慢慢捋清楚，很多事也可以慢慢探索。我突然对她很好奇，好奇她的身世、此行的目的以及是否有同行的伙伴。这些问题我猜不出答案，因为我得慢慢了解才能得出结论。

我们沉默不语如同这列准备开往高原的火车，我只好盯着手机看，火车开动时我终于找到了话题。

"你是要去哪里？"我转过头问她。

"阿里。"

"无人区阿里？"

"是啊。以前就想去，今年正好没地方去了。"

"去阿里都是为了去转山的吧，我之前了解过。"

"我不是去玩儿的，是去工作。"她放下手机，一本正经地看着我。

"工作？不是无人区吗？怎么会有工作？"我很惊愕。

"边上有一个小镇，我去那里工作。"

"这我还真不知道。"

"我也是朋友在那边帮我联系的，要不然大老远跑去，真可能白跑。"她稍微调整了下身体，侧着脸单手枕着脑袋，看着我，但是不笑，"说说你呗，这是要去哪里？"

"阿里。"

"骗人的吧？这么巧。"她睁大眼睛，另一只手撸了撸掉下来的头发。

"不巧。我是去玩儿的。对了，你要是在那个镇子上遇见了'粗枝大叶'，能告诉我吗？"

"你不是说去玩儿的吗？粗枝大叶？你找人还是找地方？"

"都可以。"

出于礼貌，我也学她的样子把身体转过来，单手枕着脑袋看着她，继续问："看来你朋友挺多的，青藏高原上的工作都有人帮你联系。外面工作不是挺多的嘛，去北上广深啊。"

"我的工作难找。"

"你到底什么工作？"

"你猜？"她似笑不笑。

"不猜。"我笑了笑，没有继续盘问，旅途漫漫，我有的是时间去寻求答案。我看着她的眼睛，很深邃。我有点儿害怕，不敢去看她的眼睛。

"你从哪里出发的？"

"广州。已经过了半天了，才到这里，我屁股都肿了。"她抱怨着用手握成拳头捶了捶。

"一个人去阿里啊？"

"我朋友在拉萨等我呢。四五个人去。然后我们再一起去阿里。"

"好棒！"我继续说，"能多加一个人吗？"

"什么意思？"

"我。你们四五个再加上我，一起去阿里，顺路。"

她表情很平静地说："不行的。人数都是提前定好的，不能更改，都是包车的。况且，你跟他们都不认识，这事太唐突。"

"好吧。"我略显失望。

火车这时突然提速，掩盖住了我的失望。

"你有没有觉得这空调吹得有点儿冷？"她转回身体躺好，拉了拉被子，重新把自己裹得严严实实。

"没觉得。"我也转回身体，不好意思继续侧着头看她，只是偶尔说话时转过脸看她一眼。

"噢，那看来空调是在我这一边。"

"要不换个位置？"

"不用。我盖被子就是。"

过了一小会儿，她一脚踢开被子："哎呀，热死个人！"

我翻身对着她，哭笑不得："刚才还说冷。"

"太气人了。不盖就冷，盖了又热。"

"那你把腿放出来吧，只盖肚子就好了。"

她嘟了嘟嘴没说话，但还是照我说的一把将被子推到一边，只盖肚子。下铺传来异常响动，我探出头一看，小男孩正往上爬呢，他在中铺。我躺回到枕头上，看见她的白色T恤衫胸口的位置印有一颗硕大的樱桃。

我有些累，微闭起眼睛，却想起还没有预订在西宁住的地方，于是又睁开眼在网上找了好一会儿，相中了离火车站不到一千米的地方。这地方有一个好处，就算没车经过，我走路也能到。

相当长一段时间我们没有交谈，她看上去很忙的样子，一会儿打字回复，一会儿又发送语音，嬉皮笑脸之间又夹带着尊敬和依赖。"我也想你呀。"她温柔地录完这条语音，最后还发出咯咯的笑声，就像小鸡要进食的口哨声。越听下去，我越搞不懂她跟对方的关系。我眼睛闭着，脑子却越发清醒。她时而把被子盖住，时而又踢开，偶尔转过身去背对着我，聊得很开心。

这时她的电话响了。电话铃声是《告白气球》。

"喂！"她大声地笑着，说话声音却奶声奶气，"刚不跟你说了嘛，你怎么还打电话过来啊？"接着又回答："嗯嗯，你不用操心，她老公已经帮我们叫到车子了，你直接来就行。"

"好嘞，那就先这样啦。嗯嗯，我会想你的啦，再见了。"她笑着挂断电话，好一会儿还对着手机发笑。接着又动起手指发了好几条信息。

　　灯突然亮了。我这才发现外面已经完全黑下来。我喝了两口水，单手撑着床铺，猫着腰看了看中铺的距离，用脚够了够，一种失重的感觉袭上心头，直到踩住地面，心里才踏实。这种下床铺的体验，会让你脑海里有那么一刻浮现黑猩猩从树上下来捡果子的画面。

　　车厢里的餐椅上几乎都坐了人，大多是一边交谈，一边吃着晚餐。过道原本就狭窄，这下更寸步难行。我小心地前进，尽量不碰任何人的衣袖和裤脚，我发现睡卧铺的不是老人小孩子，就是假期旅行的学生。厕所外已经有几个人在排队了，我靠在饮水机旁，望着一个襁褓中的婴儿发呆。他的母亲长得很清秀，二十几岁的样子，她抱着孩子的样子更像是姐姐而不是母亲。婴儿也长得很好，是那种大多数婴孩都会有的粉嫩和雪白。我对他笑了笑，他眼睛突然睁大了一圈盯着我，我又做了个苦瓜脸的表情，他咯咯地笑了，发出了几个听不懂的语音。

　　"我觉得我这辈子就是个错误！一直错！唯一做对的事情就是跟他离婚。"吸烟处传来一个女人的声音。

　　"后悔吗？"另一个女人问。

　　"后悔！当然后悔。后悔没早点儿离婚。"女人声音很凶。

"唔……"另一个女人沉默着。

"现在想想真不值！你说我以前怎么这么傻！我都觉得我不可理喻，蠢得像头猪。不，比猪还蠢，猪看见人家拿着刀子走过来还疯狂地反抗一下，我呢，一句哼哼都没有。"女人声音越抬越高。

"嗯……"另一个女人继续沉默。

"你说我这是有多傻！我为什么要跟这种人过一辈子？我居然跟这种人过了半辈子！想想那时我抱着孩子连口吃的都没有，他连个人影也没有。你说我那时三四千的工资养活自己足够了，干吗要跟着个男人呢？现在真是后悔，后悔没早点离婚。你说要三十岁出头就离婚，那时孩子还刚两三岁，多好！结果四十多才离。恨死他了！现在一想起他我就恨得牙痒痒。"

"唉……"

声音终于没了。我朝过道望了望，没见到说话的人。我突然很好奇那个婴孩听到这一切会是什么反应，我回头过去，看见女人正拉开衣服一角给婴孩喂奶，孩子背对我，像是已经忘了我这个朋友。我上完厕所爬回自己的床铺，看见我的邻铺在玩手机。

"人多吗？"她纹丝不动，问我。

"现在去没人。"我说。

"哎哟，"她手往后伸出一个大懒腰，拉开嗓子喊了一下，"腰都快断了。"她像电影里的考拉那样慢动作翻了一个身趴着，脸朝我这边，只露出一只眼睛，"唉，最烦的就是这种时候，真不想下去，下去了又得爬上来。"

"下去走走。你一直这样躺着，都快成病人了。"我没有侧身，只把脸转向她，不敢看她眼睛。

"下去。"

她一翻身爬起来，等我回过神，她已消失了。空气中飘来一阵淡淡的香味，分不清是香水还是洗发水。我摸出手机，又过了一遍自己旅行的路线和攻略，在看到阿里时，我忽然停止了思考，因为我还没想好怎么去，什么时候去，甚至去不去。

我两手放在脑后枕着，盯着雪白的火车顶发呆，它有些太亮了，我睡不着。窗外黑黢黢的，什么都看不见，我无法分辨是在隧道还是在月光下。

不一会儿她就回来了。

"还是在床上躺着舒服。"她探出脑袋，对我说。她上床铺的速度又快又流畅，和我有天壤之别。

"屁股不疼了？"

"相比屁股疼，我更怕无聊。"

她翻过身，仰面躺好，又伸手抓出一堆零食，递给我："打发时间。"

"谢谢。"我拿了一小包干果,"刚给你打电话的是你什么人?"

"你猜?"她神秘又挑逗地笑着。

"我猜是客户。你们对话挺神秘的。"

"算是吧。"她模棱两可地回答我。她吃了一小包饼干,用包装纸来装瓜子壳,"吃吗?"她递给我一小包葵花子。

"不吃。"

"试试吧。好吃着呢。"

"技术不够。"我笑笑。活了二十多年,每次嗑葵花子都把它拦腰咬断的场景一下子浮上脑海。

"哈哈,容易着呢。"她给我示范了一下,送了一颗放进嘴里,嗑完又吐在手上给我看,果然,瓜子仁跟瓜子壳分开得明明白白。我对她竖起大拇指,双手抱拳:"佩服!"

她继续嗑瓜子,嘴巴吧嗒吧嗒的,活像一台加夜班的发动机。她的眼睛很好看,很深邃。此外,嗑瓜子时她嘴唇的翕动又为她增添了一分成熟的魅力。

"下一站哪里?"她问。

"武昌。"

"就是武汉?"

"可以这么说。"

这时我看见她胸前的樱桃,想起了往事。

"你第一次吃樱桃是什么时候?"我问她。

"不记得了。不过挺喜欢吃的。我就喜欢吃樱桃、榴莲、车厘子啊……"她如数家珍。

"草莓。"我接过她的话,笑着说,"因为贵嘛。"

"错啦。不是我喜欢吃贵的,而是我喜欢吃的这些正好都挺贵。"

"还是说樱桃吧。"我摇摇头,笑着表示投降,"我第一次吃樱桃时路过武汉,但没停留多久,我永远忘不了那个夜晚是如何度过的,黑风习习,还有坟墓,我在一所大学的后山迷路后,跋涉了两个小时才最终绕回到出发时的马路上,我很庆幸回到了原点,至少我不必错过马上要开动的火车。就是这列火车,把我带去了第一次吃樱桃的地方。"

"然后呢?"她没有停下嗑嘴里的葵花子。

"然后……就不方便说了。总之,那是我第一次吃樱桃,而且是亲手去树上摘的。"

"吊人胃口。"她翻了一个白眼,放下葵花子,把瓜子壳都倒进一个红色的塑料袋,"吃完了吗?吃完了把垃圾给我。"

我一口把最后的葡萄干、杏仁,还有不知名的东西倒进嘴里,把包装袋给她，她伸手接了过去，把袋子封好口，"明天接着用。"

她重新躺好，把身体盖得严严实实，像一个鸡蛋。

"我不喜欢吃水果，把嘴弄得脏死了。"她说，"有口香糖吗？给我一个。"

我指指书包。

"哪个袋子？"

"左边侧面口袋。"

她拉开拉链："你要吗？"

"谢谢。"我把手伸了过去。她拿出两个，分一个给我。我感受到她手心的温暖。

"你这人真逗，我拿你的东西，你还说谢谢。"她剥开包装纸，咀嚼了起来，把我的背包重新塞好。

"习惯了。"

经过火车空调的吹拂，口香糖又重新变硬了。我边咀嚼边折叠包装纸，它一面白色一面绿色，我把它沿对角线折叠，再对角线折叠，再继续，最后折成一个三角形，我把它对着车顶灯光晃了晃，感到眼睛受到了伤害。

"这灯实在是让人睡不着。"

"别急嘛。该睡觉的时候它会让你睡的。"

我看见她埋头折着包装纸，眼神很专注，这模样让我想起大学时在刺绣店兼职，店长专注地为我示范刺绣流程的情景。

"好看吗？"她举起一只千纸鹤，像得到玩具的小孩一样叫着问我，笑容自然而美好。

"好看。"我盯着她看。

"没让你看我。"她努了努嘴，"你看它。"

"我看了。"我微笑道，"好看。"眼睛却没离开她的脸。她依旧欣赏着自己的杰作。过了一会儿又把它拆开，把口香糖吐出来包好。她把手伸给我，等着什么，我急忙把口香糖吐了包好递给她。她把它们都丢进那个红色垃圾袋。

她又像之前那样，侧身躺着，单手枕着脑袋，另一只手自然垂放在身侧，盯着我。

"嗨，问你一个问题，"她神秘地笑，"你有喜欢的人吗？"

我被她盯得不好意思起来，看了她一眼，便把脸对着车顶，说："有啊。她已经结婚了，小孩都有两个了。"

"唉，刚提起的兴致被你一棍子打死了。"她不开心地嘟着嘴。

"爱情的最后不就是这么狗血吗？没办法。"

"那说说看怎么个狗血？你们的故事……"

"一定很没趣。"

"可是我想听……"她抱着被子的一角，装出撒娇的样子。

"睡觉睡觉。"

"睡不着……"她装着可怜，"灯都还没熄呢，怎么睡？"

眼前突然一片漆黑。

沉默着。我憋着笑，但最后还是忍不住笑出了声。随后，一个女乘务员的声音传了过来："熄灯了啊，早点休息"。我翻身看了一眼下铺，只看见乘务员走了过去，过道只稀稀拉拉地站着几个人，大家都早早上了床铺。

"啊……烦！"她蒙着被子压低声音叫了一声，"完全没睡意。"

"闭着闭着就有了。"我朝她看了一眼，她仍对着我这边，很像一个鬼影。

"熄灯了更有氛围讲故事。"她没有放弃。

"鬼故事吗？"我笑笑。

"也可以！"她一下来了兴致，把我的爱情故事全忘了。

"我不会讲鬼故事。"

"那你讲自己的故事。"

"明天……明天讲。"我敷衍着，能拖就拖。

"明天你是不是又要说明天？无赖。"

"要不写个欠条？"我开玩笑地说。

"好！"她果断答应，"笔呢？给我笔，还有纸。"

"不用当真吧。"我哭笑不得，看她在我背包里一顿乱翻。

"这……你居然带着这种东西？"她手里地拿着一样东西，惊愕地看了我一眼，又看着它。

我不好意思起来，忙说："忘了丢。"

"信你个大头鬼。"她的手像丢垃圾一样嫌弃地将它丢回去，将拉链拉好。背包又被重新收好，放进行李架。最后还不忘拍拍手。

"笔跟纸在最外面的袋子里。"我在黑夜里说。不像是说给她听的。

我听到拉开拉链的声音，她摊开本子的最后一页，说："写些什么？"

"我也不知道，你看着发挥吧。"我咳嗽了一下，拉了拉被子，有点儿凉。

"就写'我欠你一个故事'。"

"你欠我一个故事？"

"不对，应该写'你欠我一个故事'。"

"你欠我一个故事？"

"你怎么这么烦，都被你绕进去了。"她娇嗔道。

"你叫什么名字？把名字写上去，要不不好称呼。"

"不告诉你。"她笑着回答,"好了,就写'1号上铺男人欠2号上铺女人一个故事'。"她极为满意自己的杰作,"好了,不打扰你了,睡觉。"

黑暗中我听到纸张被撕下来的声音,随后是一阵窸窸窣窣的声音,像是把纸张塞进裤兜里,紧接着是拉链被拉上的声音。

我带着复杂的感受朝她那边看去,黑暗中,我不用担心她会注意到我的目光。她背对着我侧卧着玩手机,估计不想打扰我睡觉,但这样,她手机的反光却正好对着我的脸,我小心地翻了个身,不想惊动她,跟在她身后侧卧着。我看见她的头发是染了颜色的,在黑暗中有着轮廓。

我没有在夜里玩手机的习惯,便闭着眼睛开始睡觉。火车一晃一晃,像时钟在摇摆,而我被绑在时钟上,头脑昏沉。火车并轨的时候传来一阵巨响,让人误以为火车在脱轨行驶。

过去了很久,我才在假睡中听到女播报员"火车已到达武昌站,请下车的旅客带好自己的行李,准备下车"的声音,我在屁股下摸到手机按了一下开关,一阵光刺进眼睛,我感到一阵刺痛,时间还不到十一点。我放回手机,挪了挪身体,这枕头很不舒服,像一团海绵,头直往下掉。我侧过身体,单手枕着脑袋,疼痛略有好转。她还在玩手机,正好是对着我这边的。

"吓我一跳。"我被她明亮的眼睛惊到了,"你是夜猫子,不睡觉。"

"我看你睡得挺香嘛。"她看着手机,"我睡不着。平常都十二点以后睡的。"

我喝了口水,慢慢吞下。过道渐渐有人走动的声音,下车的少,几乎都是背着大包上车来的。窗外是铁轨,对面的站台几盏昏暗的灯像极了大海上的灯塔。过道里说话的声音渐渐大了,有一些人被吵醒后索性起来吃起了夜宵,又传来一阵开包装袋和咀嚼的响动,还有一些行李箱和背包磕碰车体的声音。不久,我看到车窗上流下了水的痕迹,下雨了,还不小,看样子又得晚点。雨水就是这么神奇。渐渐地,过道里几乎没有人说话了,最后彻底安静下来。我看到对面站台一个值夜班的工作人员挺拔地站立在原地,一动不动。我静静地等待火车再次启动。

等到火车再次启动了,我便慢慢地下了床铺去洗手间。中铺的两个小孩已经睡着,下铺的两位老人也已经睡下,都单手枕着脑袋,缓解车身晃动带来的头痛。洗手间人不多,跟我想象的一样。回来时我在车厢的尾部停留了一会儿,这里尤为不稳,不过这里没人,我喜欢这种安静。车轨在迅速地向后撤,时而并轨,时而分轨。雨渐渐小了,准确点说,不像是变小,而像是到了另一个没有雨的地区。

我爬回床铺睡下。她还在玩手机，戴着白色的有线耳机。我没有叫她，径自睡了。夜里醒了好几回。这都是习惯性地看手机时间闹的，一被这光刺入眼睛，许久都缓不过来。后半夜睡得较为踏实，早上醒来时外面已经大白，车厢又极为安静，颇有一种宁静悠然的感觉。我半睁着眼瞧了瞧旁边，她正侧身朝着车壁睡得正香，单腿扒拉着被子，头发散落在床铺上，耳洞清晰可见，没有戴耳环。

我忍不住侧身对着她的背影，单手枕着脑袋，望着她。我想就这么望着她，直到干枯的树开出爱情的花朵。火车不紧不慢的节奏让我又有了睡意。再次睁开眼，她已经翻过身朝着我这边了。她睡觉的样子很像一个瓷娃娃，秀丽的卷发，浓密的睫毛，深沉而平静的呼吸声。她嘴唇丰满，鲜红的唇纹像怒放的红色花朵的经脉。这像一个梦，她的安详像极了亨利·卢梭《沉睡的吉卜赛人》中的女人，纯净、碧蓝，缺少的就是一头强壮的雄狮。

我又睡了好一会儿才逼迫自己去了趟洗手间，不然就得排队干着急了。大多数人还在睡梦中，前方少有到站下车的。当我回到自己的床铺时，发现她已经醒来在看手机，不一会儿她就放下手机，因为没人给她发信息。

"奇了怪了，没回信。"她丢开手机，望着车顶叹气，眨着眼睛。

"谁呢？"我问。

"没谁。"

我将被子整理一番，提一个角护住肚子，说："我发现一个秘密。"

"什么秘密？"

"你睡觉的样子很美。"

她看着我笑起来，快憋不住了，便赶忙用手捂着嘴，好像还是憋不住，最终用被子将脸一蒙，发出一阵鸽子般的笑声。她满脸通红，露出一只眼睛，准备说话，但又被笑声压了下去。许久，她挂着红彤彤的笑容怪不好意思地说："大早上的，你要笑死我。"

我白了她一眼，却无法生起气来，一本正经地说："我没有拍你马屁。"

她把脸朝我这边凑，闭着眼晃头说："我这是人屁股。拍马屁你得找匹马去。"

"看来我拍的是人屁。"我开玩笑道。

她没有不开心，更像有心事。但这心事显然与我无关。接着她下了床铺去洗手间。我则一脸茫然地回想刚才的对话，感到一丝尴尬。

过了许久,她才回来,这也预示着火车上的人都醒了。我们草率地吃完不像样的早餐,开始讨论一些话题。我们说到儿时听过的一些歌,这里的儿时,指的是中学时代。

"我那时整日整日地哼唱偶像的歌,还不嫌烦,夜里还要练习几遍。"

"来一首。"

我谨慎地探头看了看下铺,摇摇头:"不行。环境不行。"

"敷衍,你就是不想唱。"她鼓着大眼睛,装出不满。

"有些人唱歌,是唱给自己一个人听的。"

"算了。不唱就不唱。"但她没有生气,"你是要唱给那些漂亮的小姑娘听吧。"

"没有小姑娘。你也并没有不漂亮。"

"你这哄小姑娘呢。"

"对,我在哄小姑娘。"

我满足地笑着。她明白自己上了当,羞愧难当,一把拉扯被子盖住脸,又气又笑。

"我发现你这人真有意思。"她拉开被子一角,望着我。

"你也很有意思。"

"我觉得要是再年轻几岁,我可能会爱上你。"

她目不转睛地望向我。我看出,这幽暗深邃的目光还留着一丝青春的朝气，即使生活的重担已经让它变得浑浊，但阳光依旧能直达她的心底。她的眼睛有好几个颜色，看久了，像是要被催眠。

"你别逗我。"这回轮到我捂着被子大笑起来，"你要装坏，也不用这样。"

"没装。我认真的呢。"她似乎有点热，拉了拉被子，让脚漏出来。"我认真观察后发现，你吧，谈不上多帅，但还行，颜值还是有的，说话也还算幽默，聊得来，最重要的是长得干净，不让人反感。这些足够让我喜欢上你了。对了，你说话语气也很温柔，这些都是加分项。"

"长得干净也是优点？"

"非常重要。"

"女生不是喜欢坏坏的吗？"

"坏坏的也可以很温柔。"

她带着笑容望向我，等着我回答，她拉低被角的邪魅面容让我欲言又止，这哪是在表白，分明是扮猪吃老虎，吃死了不赔钱。

"我也喜欢你。"许久，我才说。

"别逗了。"她又开始捂着脸，分开两根手指看我。

我努力回忆着从昨晚到现在我们的相处，严肃地说："没逗，你看你……"

"不听不听！你是骗子。"

我还没开始夸，她就失声笑起来，钻进了被子里。我停下来，微笑着看着她。窗外闪现出一条巨大的黄色洪流，像极了山洪暴发的场景。它看着不像条河，更像泥石流形成的鸿沟，缓慢流动的河水就像泥沙在滚滚爬行，吞没一切触碰到的物体。雨还没停，我渐渐地看不清哪里是岸，哪里是河。不久，窗外的雨又停了，我们已经驶离这片雨区。

这时她偷偷地拉开被子，瞄了我一眼，见我没有再夸她，才慢慢放下被子。

"你是不是见到女孩就油嘴滑舌？"她说。

"并没有。"我回答她，"我很少这样说话。"

"为什么？"

"你跟她们不一样。"我深情地看着她。

她沉默了，就这样单手枕着脑袋侧卧着，用一种捉摸不透的微笑望着我，说不上是不是欣赏。我没有回避，迎接着她的微笑。她欲言又止，只是动了动嘴唇，便又贴着枕头拉紧被子望着我，深蓝色的眼睛像湖水般深邃而迷人。我忘了自己是在看一个人，还是经过长途跋涉终于被眼前的一处风景迷得神魂颠倒。

"你跟他们也不一样。"她终于开口道。

火车已稳稳当当到达西安站。就像家鸽经历风雨安全回巢，窗外的人群沉默了，她也沉默了。我有些失落起来，开始回想在出发前与那位多年的朋友的谈话，她说得似乎不无道理。我有些怀疑自己此番西藏之行的目的，更多的证据表明，眼下生活的烦恼让我无从安心于固定的小城，这更像一个失败之人企图掩盖自己的狼狈，于是奔命在无聊的旅途上，企图利用旅途结识几个朋友消除自己的烦恼。

"出太阳了，"她说，"可为什么我还觉得冷？"她把被子往身上一扯，身体一抬，把半条被子压在自己身下。

窗外阳光刺眼，跟几个小时前的暴雨有着鲜明对比。

"西安我来过，还是大学的时候，在同学家过年。"我说。

"怎么样，好玩吗？"

"跟想象中总是不一样的。到了白天，寒风刺骨，跟南方的风不一样，这里的风像一把把刀子刺过，你没听错，不是像针，是像刀。我到这里过冬天就跟没穿衣服一样，穿多少都是不够的。河流都是干的，即使有水，也是断断续续，我从来没想过河流可以像挤牙膏一样被这样安排在黄土地上。"不知不觉中，画面一一闪现于脑海中，我丝毫没感到自己已经开始了长篇抒情。

"现在呢？你们怎么样？"

"音信全无。"

"到底是男同学还是女同学？"她狐疑着。

"哥们儿。"

"你不说我还以为是段悲伤的爱情故事。"她捂着被子笑起来。

"这几年我找过他好几次。每次都是不回信息，也不回电话。后来我也就明白了。"

"明白什么？"

"他已经把我放在他不会再重启的记忆里了。"

"你很在意他？"

"兴许是这辈子唯一说得上是朋友的人。"

"别说了，我要哭了。"她故意抹抹眼睛。我没有理会她的拙劣演技。

"所以我就觉得其实没有什么永久的友谊。对他，我是有很多故事可以讲的……他真有才，可惜，他现在忙碌于灯红酒绿的生活。我不知道这是不是堕落。"

"没事，更好的还在后头。"她装出安慰的样子回答我。

"这话说得像爱情。"

她突然很疑惑地看着我，说："我发现这一路走来都是你曾经到过的城市。这真是你第一次去拉萨?"

"千真万确。"

"那也太巧了吧。正好之前你都单独来过。"

"是啊,在这个时间碰见你,也是太巧了。"我意味深长地说,"你也是第一次去拉萨吗?"

"不,第三次了。"

"都是工作?"

"只有这次是。"

"给点建议。"

她微笑着望着我,起身挪了挪被子,高深莫测起来:"没建议。"

"懂了。你这是等着我去被坑。"

"不,你没懂。高原上的桃花,你要自己去发现。"她一板一眼地说。

"高原上是没有树可以存活的。"我不容置疑地盯着她。

"人家桃花自己去的高原。"

"对,我面前就好大一朵桃花。"我的语气带着没有恶意的戏谑。

"我才不是。都老了。"

"风韵犹存。"

心　旅

　　这时她的电话响了。空气中的《告白气球》只响了几声就断掉了。

　　火车又哐当哐当向着黄土高原上的兰州出发。从西安段开始，这辆笨拙的绿皮火车开始了缓慢爬坡，车速和轨道有了明显调整，窗外的风景变得更慢，车头刚还在这一头，兴许一个转弯，就跑到了另一头，头重脚轻，这时人们普遍会想到百年前詹天佑修铁路时的场景，在一张纸上写下一个大大的"之"。

　　听对话，电话那头是一位老人和一个年纪不大的小孩。我等她把电话说完，然后问她："你结婚了吗？"

　　她又看了会儿手机才放下，看样子，这个电话让她很开心，她用一种让人费解的笑看着我，语气俏皮且有提弄的成分："你猜。"

　　"我不猜。"我没有上当。

　　"你猜一下嘛。"她央求道。

　　"不猜。"我又坚决又果断，"昨天问你工作，你就让我猜的。"

　　"那现在一起猜嘛。先猜工作，再猜结婚。"

　　"为什么就不能直接点？"

　　"无聊嘛。火车上的时间长着呢。"她解释说。

　　"给我看看你的手。"

她把手递过来，我仔细端详，发现这是一双干过体力活的手。根据这一特点，我说了四五个职业，她都摇头。所以我没法知道她的职业。接着是猜结婚，根据她刚才电话里的对话，我断定她结婚了。她又摇摇头，她说那的确是一个孩子，老人也的确是她母亲，但她并未结婚。"孩子是你的？"我问她。她笑着摇摇头，没有回答。所以我也没法知道她的感情。她又让我猜年龄。我看到她的面部皮肤虽然富有朝气，但脖颈处有一些不明显的皱纹，根据这些信息，我猜测她定是比我年龄大，她再次摇头："你又猜错了。"

"全不对。你给我的信息全不对。"我垂头丧气。

"别气馁嘛，接着来。"她毫不掩饰地笑着。

"所以你到底是干什么工作的？"

"这不重要。"她缓慢地叹着气，像是陷入了思考，"重要的是，这份工作挺辛苦的。"

"这次去阿里也干这行？"

"不是。这次是去当餐厅服务员。"

"你？"我很惊讶她的选择。

"不相信？"她邪魅地自嘲道，"没什么不好意思的。为了生活嘛。"

"难以想象。"

"要不然呢，你以为我是去坐办公室吹空调的？"

"不是。"我否认道。

"那么你呢？你是做什么工作的？"这次轮到她问我。

"你猜。"我像是拳击手，为自己的回击沾沾自喜。

不出意料，她只是笑笑，不回答我的反击。我们彼此沉默着。不可否认，我们的交谈已经产生了默契，往往话到嘴边还没说呢，就已经猜到对方要问什么了，接着再看对方的眼睛或嘴唇，就了解对方会给出怎样的答案。

好几次我上下床铺，用手撑住她那一边的时候，都会离她特别近。有时她背对着我玩手机，有时正对着我玩手机，无论是她的背影还是正脸，我都无法掩饰自己像看见心中的"粗枝大叶"那般狂喜，即使我连"粗枝大叶"还没见到。

每当她离开床铺的时候我就会想，她什么时候会回来，还自己跟自己打赌她回来的时间点。我们每次回来都会相互示意，并且闲聊几句，仿佛久违的朋友。最后我还是冒失地对她说了我的想法："我不想提前下车了。我想跟你一起去拉萨。"

"你疯了。"她难以置信地看着我。

"我是认真的。"我没有笑，就像很多年前，第一次见到大海的磅礴浩瀚，眼里被深邃的海底散发出的神秘气息攫住那般，那是被恐惧征服的。就这样，我看着她，过分的注视让我的目光越来越集中于一点，也就是她瞳孔的中心，她的整个人在我的视野里消失了，我看见的，只有她的心——由瞳孔透露出来的心。

我想我一定是看愣了，因为不久我就觉得头晕，我晃晃脑袋，以保证自己清醒。清醒后发现她也正认真地看着我，眼里有一束雨滴般的光芒，这光晃得我头晕，却又让我无法挪开视线。

"谢谢。"她只回答了两个字。

火车继续无情地向前行驶，好像要急着马上到站，好把多余的人抛出去，接纳新的人一样。

"但是这行不通。"沉默了一会儿后，她终于还是把自己的想法给说了出来。

"我们的目的地相同。我只不过再补张车票，不在中途下车就行了。"我很坚持。

"你不是说要在西宁下车？"

"那是之前的计划。"

"计划好了就不要更改了。"

"计划是可以变的。"我很顽固。

"但是，"她有些不耐烦，但并没有生气，说话很慢又很温和，"你的计划不应该包括我，我的计划中也没有你。我们的行程都是安排好了的。"

"这跟计划不搭边。如果我现在准备直接坐这趟车到拉萨去，也是我的自由，不是吗？"我带着胜利的姿态看着她。

"无赖。"她娇嗔道，狠狠地瞥了我一眼。

"那就这样决定了，我们一起去拉萨。"

"不行。"

"行。"我憋着笑，装得很严肃。

"不行。"

"行。"我坚持严肃。

"不行。"

"行。"我始终严肃。

"不行。"

见我没有继续追问下去，她又回过头来安慰我："好啦，别不开心了。你看啊，我们这才认识多久，互相都不了解呢，连名字都不知道，你没必要为了我破坏你的计划。再说了，"她继续道，忽然转过身朝向我这边，"我还真不太敢相信你。"

"为什么？"

"还记得昨晚你说过什么吗？"

我想了想，摆了个无奈的手势。

"你昨晚说起那个樱桃的故事，说着说着，就不说了。接着你又说了自己喜欢的女孩，还没说呢，就不说了。这不，欠条还在我这呢。"她在裤兜里一顿摸索，举着一片皱巴巴的日记纸，"什么时候兑现啊？"没等我开口，她自己就说了，"你又想抵赖吧？"

"没有。"

"自然了，我们两人这才认识多久。你明天转身就会把我忘了的。"

"不会的。"我无辜地看着她的眼睛。

"会。"她侧脸看着我微笑道。

"不会。"

"会。"她还是微笑。

"不会。"

"会。"她始终微笑。

"不会。"

她失声笑起来，把脸埋进被子，就像一只埋着头的鸽子，整个铺位都因她的笑震动起来。她在回答的时候，时而半边头发挡住她的脸，时而目不转睛，笑容在她脸上浮现。"我能问为什么吗？你干吗这么执着？"许久，她又通红着脸问道，"我有什么值得你这样对待？"

"眼睛。"

"眼睛？我的眼睛很普通啊。"她一脸疑惑，摸摸自己的脸。

"你没看过，你怎么知道普通？"我反问她。

"镜子里看过。"

"看了很久？"

"哈哈，我没那么自恋，"她笑着，露出一口白牙，"当然只是出门需要照一下镜子，也就一会儿。"

"那就没错了。眼睛是需要注视的，只有用心注视，才能发现它。"

"又在骗小妹妹。"她带着不信任的眼神，"我好像很久前听说过，说是两个人看着对方的眼睛只要超过七秒，就说明这两个人是相爱的。这种鬼话谁会信？"

"这游戏你玩过？"

"没玩过。"

"那你还敢说是骗人的。"

"玩了就能证明它不是骗人的？"

"那谁知道。"

"来吧，谁怕谁！"她爽快地甩甩头发，伸长脖子。

"什么？"

"看着我。"她说，"我们来对视。让我证明一下这个理论是错误的。"

在经历了那么多次的对视而笑之后，这种验证显得大可不必。事实上，我们的对视早就超过了七秒，不过那是在毫无意识的状态下轻松完成的，也正是这些对视，让我对她的眼睛开始着迷。当她正式提议对视后，我反而没有丝毫压力，这不过就是我们数次对视中最平凡的一次。但这一次有意识的对视，却给我带来了深刻的印象，我发现她的眼睛变了颜色，不知不觉，我们像是在相互靠近，又像是大脑产生的幻觉，空间一下子被拉近了，我感觉我能碰到她的鼻翼，甚至她的睫毛和嘴唇……她的眼睛里有一种景象，似乎在她的眼里看见了我身后葱茏的树叶。

时间早已过去了七秒，我发现我们都一动不动，火车的轰隆声和摇晃似乎都变得安静了许多，过道中人的说话声也越来越远，她身后的背景也越来越模糊，只有她，越来越清晰……我发现自己状态不佳，脑海里似乎记起了多年前的某些难舍的画面，这让我想哭，我的心告诉我，别让她离开，抓住她，但理智让我把泪水憋回去，这要是被她看到，该多丢人啊。

我想她是明白了我的心意，因为她丝毫没有觉得难为情，我不清楚是我的原因还是她的原因，她也看得出神了。最后，还是她终于不好意思地捂着被子羞涩地笑起来，被蒙住的嘴里传出她的声音:"太尴尬了。"

"怎么样?有感觉吗?"我看似平静地问她。

她不好意思回答,再次把脸埋起来,这次埋得更深了,羞涩得像一朵含苞待放的花朵。被她感染,我也背过身去,笑得苦涩而无奈。过了片刻,我慢慢回过头,发现她也正缓慢地把头伸出来刺探情况,当我们的目光交接在一起,便立马各自又将头埋了回去。又过了片刻,还是如此。接下来的时刻,依旧如此。火车经过了兰州,太阳跑到了西边,对视的默契依旧没有停。再过几个小时,我就要先她一步下车了。离别在即,减轻痛苦的唯一办法就是假装不在乎对方。

"你说你不会忘了我,是真的吗?"她转过头来问我。

"不会。"

许久,她围着被子欣慰地对我说:"谢谢你!在这之前我一直觉得自己很普通。"

她揉了揉那张字条,仔细端详,又说,"我觉得你的故事可能一直要欠着了。"

"那就欠着吧。下次还能见面。就跟借书一样。"

"你才不会想见我呢。到时你看见其他漂亮小姑娘了,早把我忘了。"她翻着白眼。

"怎么会?除非你不想见我。"我见她没说话,继续试探,

"要不，我跟你一起去阿里吧。就算只陪你到拉萨也行。"

"你会后悔的。"她拒绝道。

"怎么说？"

"你会发现其实我很普通的，没什么特别，跟她们一样。"

我没有再说什么。只是最后又问了一遍她的名字。因为我不想在以后的回忆中连怎么称呼她都不知道。

"就叫'2号上铺的布兰妮'吧。"她看似毫不在意地说。

接下来的时间对我们而言是心照不宣的。不知是有意还是无意，我们没有刻意去提离别这个话题，我们谈了很多，也开了不少玩笑，火车越接近青藏高原，我就越感到奇妙和害怕。奇妙的是，我居然有这样的偶遇，害怕的是再过几个小时，我又要回到与昨晚上火车时一样，孤独又寂寞。这时我感到时间走得像泥石流，越到后头反而越慢。

最后的这段相处时光我反而变得沉默寡言了，我就像忽然知道了自己死期将至的老朽，把自己独自锁在卧室，思考着自己的宝贝都放在屋子里的哪些角落，它们将何去何从。我的眼角莫名其妙就流出了眼泪，还来不及擦拭，就滑落到了枕头上，我赶紧把身子背过去，在假装要用脑袋枕住双手的顺道用手臂擦拭干净脸上的痕迹。这种感觉像极了高考前的那段时间，总是无缘无故地流泪，像一根被雨水打湿的木头。

好几次我起床去厕所，在下去的空当会故意停留在中铺，只为了近距离再多看她几眼。她的脸不是一张青春的脸，上面生活的痕迹清晰可见，眼睛却依旧闪烁着迷人的光芒。她的五官长得很大气，像极了平面模特。她有时两条腿搭在一起，有时分开抱着被子，这才是大多数人睡觉时最舒服的姿势。

好几次，我会趁她背对我的时候，凑近了闻一闻她的秀发。我也见过早上她梳头的样子。由于长途火车封闭的缘故，它们自然失去了芬芳，可这一点不妨碍爱慕之人的青睐，就像蜜蜂不会嫌弃一朵花即将枯萎就不给它授粉一样。

在闻她秀发的时候，我能更清晰地看见她的脖颈和耳廓，她的耳廓像动画片里的如意宝贝。

有时她面向卧铺的梯子，我也会借此机会静悄悄看她许久。如果是我回来，我会跟她分享几句过道上的见闻，而要是刚要出去，就会询问她是否需要丢垃圾。

也就是在这么多次的对视交流中的某一次，我阴差阳错地看着她的眼睛，继而又向下滑过鼻翼、嘴唇，我的目光停在了她的嘴唇处。她的脸离我只有一层窗户纸的距离，她发现了气氛的变化，却没有退缩，眼睛也跟着往下倾斜看着我脸部的某个地方，接着又回过来看我眼睛，等待着什么。

就这样，在火车轰隆轰隆的金属碰撞声中，我们时而四目交接，时而错落地盯着对方脸上的红唇，我感到内心的火融化了最后的枷锁，于是我吻了她，便立马消失在过道里。

我就像一个刚做完偷盗事情的小偷，心里既忐忑，又开始回味刚才的感受。但紧接着，一种羞愧感就攫住了我，因为要是她是被迫的，那就是另一回事了，这就不值得炫耀和回味，只配被钉在耻辱柱上抽打。

我无心理会过道里的欢乐。下午的时光悠闲又漫长，窗外是一望无际的黄土地，进入青海后才开始有了绿色。

过道里几个年轻人在打扑克，几个中年人在吸烟处抽烟，烟味随厕所的风吹了过来，几个小孩在过道里跑来跑去，徜徉于母亲和陌生人之间，不时传来几声欢笑。几个上了年纪的老人在忙各自手上的活计，哪怕只吃个鸡蛋，也要比别人的一顿饭工夫来得漫长。

我上完厕所没有立马回去。我在火车尾部停留了好一会儿。我在犹豫要不要去给她道个歉。我盯着远去的轨道，眼睛有些花了，脑海里不知何故，突然想起电影《天下无贼》里的画面。我硬着头皮走回到自己的铺下，再硬着头皮爬了上去，我看见她正朝着我这边玩手机，把到嘴边的话又咽了回去。我回到床铺，在躺下去的一刻朝她那边瞟了一眼，看不出她和刚才有什么不一样。我盯着雪白的车顶，动了动有些发冷的脚，最后硬着头皮侧过身,单手枕着脑袋,用不紧不慢又平静温和的语气对她说:"对不起。我刚才做错了。"

"别说了。"她突然就脸红了。

"我不知道自己怎么了,脑袋一片空白。"

"啊……哎呀,别说了。"她手足无措地一把用被子捂住头,传来断断续续的笑声。听到她笑的那一刻,我悬着的心终于放下来了。

"对不起。"

"别说了,我都不好意思了,"她抬起樱桃般通红的脸,叫着,"我不要面子的吗?"

我无辜地冲她笑笑,做了个闭嘴的手势,不再干扰她。火车已经进入了青藏高原的地界。我脑子里很乱,不明白她怎么看待这起突发事件。她没有表明自己的态度,只是问我为什么突然这样做。我说当时的氛围让我不得不这样做。

"为什么呢?"她问。

"还能是什么呢,我喜欢你。"我说。

"你不要忘了就好。"她说。

"不会。"我向她保证。

"我说的不是你喜欢我。"她说,"我说的是你还欠我一个故事。"

"噢。"

"对了,你刚才说让我帮你找什么来着?"

我没想到她会把这事放在心上。

"粗枝大叶。"我说。

"好的,我记住了。"

但我心里却越发有些不安起来。我担心她就是我要找的"粗枝大叶"。

火车最后无情地将我们分开。"2号上铺的布兰妮"去了西藏最西段的阿里圣地——冈仁波齐,而我留在这青藏高原的入口,等待一头猛兽将我一口逮住。

【3】

我不明白旅行的意义到底在哪里，还有点对寻找"粗枝大叶"这件事的成功率不是那么的有把握了，尤其是在离开"2号上铺的布兰妮"后，我又变得孤身一人。望着她淹没在人群中的背影，我竟没有跟上去的冲动——她们要在此更换火车，因为再往前到达格尔木，就需要输送氧气了。我就这么愣在原地，望着自己刚刚吻过的女子走远。

我无精打采地跟着大部队往出口挪着腿，行尸走肉一般，我懊悔地回头去望，失望地看到都是不熟悉的面孔，好一段时间我差不多是愣在原地不走，以至于后边的人不小心撞到了我的背包，也没有说一声"对不起"。

望着黑压压的人群，我后悔莫及，我几乎想往回跑，趁着还未出站，她的火车还没有开走。

我刷完身份证出了站，第一股温和的热空气吹来，我感到一阵头晕。肚子饿得已经叫不出声来。我打开手机地图，找到在火车上订好的那家青旅，几下比对之后，我朝着一个方向走去，四野空寂，荒无人烟。

我一点儿也不怕被打劫，甚至有些期待万一被看上之后，自己可以实践一下脑补过无数次的诸多机智逃生办法。独自背上行囊长途旅行一点也难不倒我，只要有一部智能手机，只要手机还有电，只要手机里有地图，怎么着我都能找到自己要去的地方。

我出示了身份证，老板是名三十岁左右的妇女。

"好的，请跟我来。"她说。

我接过身份证，跟在她身后，还不忘看一眼前台旁的茶桌，它摆放的位置很尴尬，更像是放鞋柜的地方。老板没有带我参观，她径直把我领到客厅靠右中间的一个床铺，我睡上铺。她给了我一条白色床单和一条厚厚的被子，就走了。我放下比人高的背包，如释重负。我拉开上铺的床帘，仔细观察了每处设施的位置。梯子在床的左侧，左侧墙壁上有两个金属挂钩用来挂东西，中间墙壁是一张可折叠收缩在墙上的小型合成板木桌，刚够摆下一台小型电脑，右边是双插和三插的混合插座。忙完一切后，我去到休闲区听大家闲谈。

对于转天的行程，我毫无计划。我根本无心去想网上说的种种伟大的徒步路线，我没有女朋友，也没有志同道合的驴友，我来高原这一趟，纯粹是为了看风景陶冶所谓的个人情操。我没有任何特殊技能，也没有任何伟大理想，我最大的理想，就是能在这趟旅行结束后彻底忘掉某种耻辱或某个人。

床铺的柔软和房间的安静让我很想入睡却怎么也无法入睡。我的身体似乎已经习惯了那摇摇晃晃的火车，如今反倒让我无法安睡。此刻我很想念"布兰妮"。我更担心在我走后我的1号上铺会被某个人占据，尤其还是个男人。我们彼此没有留下联系方式，这让我多少有些遗憾，但转念一想，如果结束了这边的行程便马上去追赶她，或许时间上还来得及。如此一想，我心里又好受了些。

睡前，我又去了一趟洗手间，返回时正好撞见两个身影在过道里说着忸怩之语，声音很小，但看得出是一些讨人欢喜的悄悄话，女的把手搭在门把手上正准备回房间，男的在她臀部摸了一把，匆忙离场。这事就发生在那么一瞬间。

这一晚我睡得极好，半夜里传来人走动的声音，也没能把我叫醒。中间我迷糊了几次，但最后还是睡得很酣畅。我扒开床帘往外探，发现没人起床，便又躺下了。我闭着眼睛，耳朵听着外面的一切，眼珠子在眼眶里缓慢地定向旋转，再反向旋转，我喜欢这样缓解长途劳累。我听到有厚重的关房门的声音，接着是拖鞋拖地的碎响，靠近阳台的位置传来缓慢而冗长的阵阵鼾声，一阵风吹来，我露在外面的脚丫子感到一丝凉意。我翻了一个身，这时我听到远处牙刷敲塑料杯的打击声，唯独没有鸟鸣，不知是住得太高还是这里缺少高大树木。

窗外阴沉沉的，这反倒有利于出门。高原的辽阔瞬间把一切声音都吞噬了。

天高地广，鸟迹全无，高原的风呼呼地吹着广袤的田野，光看颜色，它们和平原的广袤稻田没有两样，但油菜花在此世界屋脊的狂风中却屹立着，没有丝毫倾倒之势，这倒让人颇感惊奇。风不久就将沉重的云吹开了，拨云见日，旋即天空飘出一片蓝色幕布，时隐时现，看的人分不清是云遮住了布，还是布遮住了云。这片田野被群山俘虏，态度谦逊而坚强，不顶头冒尖，也不卑躬屈膝，最精湛的园艺师也无法修剪出如此精巧的作品，即使披着同样的外衣，也会在远近不同的时候折射出这黄衣的深浅——有时是被过滤掉的发白的黄色，有时是如向日葵成熟后的金黄，有时会发青，甚至呈黝黑色。

青稞的麦穗异常硕大，这让我想起狗尾草和麦子，但我尽量不去碰它们，我担心这广袤的大地上突然就跳出一个人把我逮住。我望见远处的青山脚下村寨不时冒出淡淡的炊烟，在接近天空的地方逐渐消散了。它处在山谷的位置，村寨的房子有序地在金黄的油菜花中铺开，四四方方沿着山麓层层叠加，呈灰色调，一笔一画，与青山黄花相融得好比一幅现代抽象油画，又像我在家乡的小城江边散步时，对岸彩灯在河水的流动下显露出的那种模糊印象。

在一棵榆树下我终于找到了一群玩耍的小孩和一个看护他们的男人，我问男人这里是否有车经过，他告诉我有，我问他应该在哪里等车，他比画了很久，我没有弄懂他什么意思，表示感谢后我继续往前走。

到了村落深处，我看见一个美丽的姑娘站在路边的树下不时地往我身后望，她戴着牧民的头巾，穿着却非常时髦。又走了一段路程，又有一个汉族姑娘穿着短裙和平底凉鞋等在路边，她扎着那种时髦的辫子，楚楚动人的模样让我忍不住回头多看了几眼，她们的出现让我感到很惊愕，总觉得她们不是这个村落的人。她们等在路边是为了乘坐公交车去县城。我好不容易才忍住不向她们打听有关"粗枝大叶"的事情。

我坐车到了县城，又根据路人指引，找到了当地人最常搭的一趟公交去往火车站，再由火车站回到市区住的地方时，天已经黑了几个小时。我又饿又渴，在前一天吃饭的那家餐馆大吃了一顿，之后马不停蹄地回到住所，赶在外出人员大量返回之前沐浴完才稍事休息，这时身体才放松了下来。

这里没有空调，夜晚却凉快得可怕，厚厚的被子让我马上进入梦乡，一觉醒来，我发现时间才过了十来分钟。

【4】

翌日天还未亮,我便坐上了去看青海湖的车。漫长的孤独旅行又让我思念起了"布兰妮"。她昨晚就应该到了拉萨。我不知道她是否在拉萨找到了我一直在寻找的"粗枝大叶",就算找到,她也未必能联系得上我。

窗外黑着,高原的曙光还未照亮这片大地。睡梦中我好几次因抽搐惊醒,从眼缝里我瞄见窗外依旧漆黑一片,可不知不觉中,天空就突然像翻身的鱼肚皮开始泛白,紧接着远处与地相接的天际就开始被烤热,层层递进,唯独正顶的头上的天空还保持着蔚蓝。高原已经被抛出来了,一望无际,反倒是远处山脉看起来又矮又丑。

刚下过雨,草地上时而闪现一大片水洼,随着时间的推移天空逐渐放晴,这些水洼便把蔚蓝的天空随意扯下一块塞进自己的净水中。

碧绿的湖水无边浩瀚,静谧无声,窗外的牛羊都低着头,沿着湖边,看不出它是弯还是直,湖水像焊死的铁块攀附在布满碎石的沙滩上,望过去,湖水是静止的,牛羊也是静止的,最后我也成了静止的。大家都不敢惊叹,怕一惊叹,自己就与这窗外的世界格格不入了。

　　我把视线从窗外挪回车里，顿觉再过不久就能找到我想找的东西了。

　　码头是一处专供游客出游观光的长堤，它的一侧布满了恐龙蛋大小的巨大鹅卵石，另一侧有一个短堤牵拉着三五艘快艇，几名游客正在排队等候人数凑齐，成群的鱼鸥浮在水面。

　　一位游客刚把食物掏出来，一片鱼鸥便从水面腾空飞起扑腾过来，他的同伴在不远处帮他抓拍，动作迅速而娴熟，食物散了一地，鱼鸥全落在地上。远处一只有着红白相间色调的巨型热气球缓缓升起。

　　我被眼前景色吸引，竟忘了坐下来。我内心的空白被那只热气球填补了不少。

　　这时一个女孩走过来，问我可不可以帮她拍张照。

　　"我们是一个车上的。"她说。我估摸着对她的印象，不记得有过这个人，但我还是帮她拍了照。

　　她随意选了一个镜头，让我就此拍下。她戴着白色鸭舌帽和墨镜，鸭舌帽将脑袋下的棕色卷发箍得紧紧的，外面是一件黑色的宽松透气毛衣，已经发白的牛仔裤下拖着一双小白鞋，稍微引人注意的或许就是别在臀部位置的小黄背包上的一只玩具熊——它所处的位置极其滑稽，像田里的稻草人在垂头丧气，主人稍一走动，它干枯的四肢就随之抖动。

"哼，笑得真够猥琐的。"她毫不客气地白了我一眼。

"放心，不是对你。"我径直把手机还给她，没有理会她的挑衅，"差不多了。你看看。"

我扭头去看那对学生模样的情侣走了没有，他们还在，正凑在一块背对着我低头看着刚拍的照片。这时我能够完整地看到自己想看见的画面了：他们站在一起是如此般配，我几乎想立马为他们拍张照片，把这一刻记录下来。看样子，他们还处于刚确定关系的阶段，这通过他们身体之间留的那条小小的缝隙就能判断。

"怎么，看上了？"女孩嬉皮笑脸地走过来，看着刚才的照片摇摇头。

"哪能呢。人家是年轻小姑娘，我已经老了。"我把头转回来。

"哪有这样说自己的。"

"……"

"好丑。不行，重照。"她强行把手机塞给我，"你这样可找不到女朋友。"

"……"

我拿过手机咔嚓了几声，把手机交给她，说："我有女朋友，不用找。"

"呵呵，瞎吹。"她看完照片，又摇摇头，一脸生无可恋的模样，"你这技术拍个阿猫阿狗还行，拍人，不行。我看你女朋友是被你骗的。要么她就从来不让你拍照。"

"你见过几个男的心甘情愿陪女人逛街？最后还是陪了。"

"女朋友长啥样啊？"

"比你好看。"

"照片拿来看看。"她有些不服气。

"没有照片。"

"啧啧，"她满眼鄙视，"这么大了还犯单相思啊。不对，暗恋。看不出你还挺喜欢搞小孩子的把戏嘛。"

"我没有搞把戏，我有女朋友，她叫布兰妮。"

"布兰妮？"她顿字顿句思索着，"那她人呢？"

我没有接应她的话，打算离开这里，因为我抓到了一个绝佳的机会。那个男孩正在帮女孩拍照，女孩单腿撑在护堤上，一只手撑着膝盖，侧向这边看着镜头，蓝天白云下的热气球正在缓缓升空，这时她的侧脸让人仿佛瞬间回到了美好的青春年代。我想拍下这纯洁的一幕。

"来来来，让一让，让一让，借过！"一只手进入了我的镜头，像要触碰女孩的鼻翼。她回眸一笑，做作地撩了下头发，又转回来。"怎么样,我的手挺美的吧?"把头凑过来要看。

"是挺美。"

"多谢,多谢!"她作着揖。

"我说她。"

"没见她比我漂亮啊。就有种酷酷的感觉而已。"

"对头,人家美得比你酷。"我借机挖苦一番。

"要你说我漂亮有这么难吗?"她甩着衣服掉下来的一根丝带,边玩边笑着说,"你这嘴像机枪,说个不停。"

"照片拍完了吧?拍完了我先走了。"

"哎,别啊,一起。"她跟上我的步伐,用手拦住我的去路,我躲开了。

我没有吭声。我承认她确实长得不赖,但她话确实太多了,比湖面上的鱼鸥还多。离开码头时,我还不忘回头望了一眼那个留着一头黑发的酷酷的女孩。

"我觉得两个小时对我们来说有点儿多余。你觉得呢?"她问。

"是有点。你也有点儿多余。"

"我们现在去哪里?"

"我要去热气球那儿。不是我们。"

"噢……懂了懂了,"她长叹一声,"原来你是个浪漫主义者。"她倒着走路，双手藏在身后，眼里埋着光。"高原上的阳光空气真好哇！我都舍不得回去了。"她闭上眼睛用力吸气，脸上浮现出像吃到美食一样的笑容。我发现她眯着眼睛倒挺好看，像夏日静夜里的一轮月牙儿。

有人在湖边投喂食物，惊起一片鱼鸥，我反应迅速，打开了相机。它们全都灰头灰脸的，只有粗壮的喙和强劲的腿是褐红色的，羽毛像鸽子那般白。

"这到底是大雁还是鸽子呢？"她把我的手臂拉过去。

"鱼鸥。"

"没听过。只听过海鸥没听过鱼鸥。我看它的样子很像大雁啊，不是说这里有斑头雁？像鸽子也行啊，你看它飞起来不要命地去争夺食物，简直一副鸽子相。"

"只要你不是饿了就行。不然，我很替它们担忧。"

"直男癌晚期。"她望着横冲直撞的鸥群，又补充一句，"吃货。"

我们已经走到出口的位置了。

一对年轻夫妻跟着几个举着气球的小孩走过去，他们正在寻觅合适的拍摄地点，最后在一处红体邮箱面前停下脚步。

人们在这条路上快步走过时会发出咯吱咯吱的响声，这些木头有些年头了，在炙热的阳光下几乎闻不到木材的那种新鲜味道，还有些发白，木板上的铁钉都有些发黑。两旁水草茂盛，靠湖水一侧的草越接近湖水就越发稀疏，最后变为一段作为缓冲地带的沙滩，地势较高的地方，就在小路之间围成一片又一片水潭，不少人从路上下到沙滩上，或漫步，或摆拍，人人都穿着厚厚的羽绒服，人影倒映在水潭顶端。更奇妙的是，不远不近的湖水中还长着少数几棵光秃秃的树，就像刚发生完一场意外大火之后苟活下来的，这让我想到，或许整个湖就这么几棵树，或许整个高原的几棵树都在这里了。湖光日色，枯树碧水，天空明净得让人无法呼吸。

我看得有些着迷，竟忘了按下手中的快门。

"真美哇！"她站在我身边感叹着，端着手机一脸奉承相。见我没有回答，她又说："你不觉得这几棵树很奇怪吗？不像红树林成群，又不像灌木丛。"

"是挺奇怪。"

"看着挺瘦小，又如此顽强。匪夷所思啊！"她装出认真的样子。

"别装了。你压根儿对它不感兴趣。"

"可我对你挺感兴趣呢。"

"……"

"我可好奇你怎么跑这儿来了。"

"你的问题很莫名其妙。"我不客气地望着她,边说边自顾自往前走。

她跟上来,并没有在意我的口气:"你说一个人跑出来旅行是为了什么,自然是在原来的地方待不下去了。不过最后还是要回去罢了。"

我举起手机,给一位母亲和她的孩子拍了张照片。

"嗯……就是这个。"她沉思着,"我有时想不通,你说既然出来旅行,迟早又要回到令自己讨厌的环境中,何必还跑出来呢?直接在家里吃吃喝喝不好吗?"

"看样子你很有故事。"

"看样子就能看出?那看样子你是算命的。"

"又没正经。"我说完又突然十分正经地望着她,"对了,说不定我就是来找你的!没准儿你就是我要找的那个人。"

"你也是个不正经的。正经就不会在这儿跟我瞎掰磨嘴皮子了。"

我没理睬她,因为这时那几棵树之外的一处看上去像是牲畜住的单层屋舍引起了我的注意,屋舍是以前农村常见的那种关牲畜的木制房子,泡在水中,这不免让人担忧它会随时栽倒在湖中。靠岸这一侧还有一个白色的不锈钢路灯,腰部别着一个盒子,看不出它是电压箱还是用来监视水文指标的设备。这盏白色的路灯就这样低头注视着低矮的屋舍,能够想象在未被湖水淹没的那些岁月,它们在高原静静守候对方的孤独。

"我算是看出来了,你是爱看风景的人。"她打趣我。

"还看出什么?"我默默注视着水中的路灯。

"挺爱装深沉。"她一板一眼,"事实上,特肤浅。"

"继续。"

"嗯……我发现你容易被那种落魄的东西吸引。"她黑着脸说。

"接着说。"

"壮得像头熊。"

我不自然地耸耸肩,表示不否认。

"我饿了。"她指指旁边的小摊贩。小摊贩们穿戴着特色服饰站在红色的顶棚下。她拉着我快步朝那边走去,我来不及思考,只能跟着她的脚步,慌乱中我似乎看见她有意朝我身后深沉地看了一眼。

"这个,这个,还有这个。"她像打地鼠般地挥舞着手臂。老板是个中年大叔,他笑嘻嘻地听从她的指示,像没看见我这个人。在等待食物的过程中,她一直抓住我的手臂不放,生怕我跑了似的。我被中年大叔那油腻的厚手跟手臂上浓密的汗毛吸引了。烤火架上冒着热气,我站得远远的仍旧能感到被火加热的空气向我迎面扑来。

"他结账。"她先指指我,接着匆匆丢下一句话,然后一把抢过老板烤熟的食物,甩手扬长而去。她一溜烟跑了,一路憋着笑,黄色小包上的小狗熊绝望地向我求救。看她走远了,还不忘在人群里回头朝我笑着招手。我看着她像是在向我说再见。我理智地没有去追。中年大叔仍旧笑嘻嘻地看着我。

我结完账沿着这条路继续往前走。我不时眺望湖边的沙滩,看能不能再捕捉到些什么,虽然我摄影技术确实遭人唾弃,但风景是无辜的。我时常会想,人类历史上对风景的定义或许并不是指的自然风景,而是以自然风景为背景的有人物的风景。这种有人物的风景在高原上随处可见。在一处用白色铁架搭建的可以露天荡秋千的地方,一对新人正顶着烈日在摄影师的指挥下做着拍照动作,他们看上去很幸福,并排坐在双人摇椅上不免让人想起小时候的场景。摄影师惊人地投入,她弯腰,腿向后弯曲,几乎挡住了旅客的去路。她的旁边,是一块牌子,上面写着这处拍摄景点的收费标准。

在收费牌的旁边,我又看见了她。她嘴里咀嚼着鱼丸,这会儿正在咬一根火腿,看见了我,她走过来重新插上一根新的送到我眼前。

"不吃。"我丝毫没有胃口。

她吃得津津有味，嘴里塞得满满的暂时没空理我。我们路过拍摄景点的时候，我找了个角度朝那对新人看过去，他们正说着什么，都带着笑，似乎很满意这场浪漫之旅。但我心里老想着入口处的那张收费牌。我看见有个小孩在沙滩上找什么东西，把小石子挖开又埋上，他的父母静静地站在一旁没有打扰他，非常有耐心。

"我很担心这高原上的食物，这里烤着吃的倒是挺美味，但要是煮的东西你说能熟吗？"她像在囫囵吞枣，我真怕她噎到了。

"差不多。"

"我要是死了，你可要负责。"

"关我屁事。"

"这都有收费凭证的。这东西你给我买的，要是出了事就得你负责。"

"讹上了？"

"讹上了。"她拍拍自己的胸口，用力咽了一下口水。

我望了她一眼，终于没能忍住，吐出了一直想说的两个字："吃货！"

不时有风吹来，背阴的地方还会让人感到一丝寒意。越接近热气球，人烟越稀薄。但旁边不时会出现几顶黑色的四角尖顶遮阳帐篷，下面站着几个休憩的游客，还有几个白色的圆顶蒙古包。蓦地，从这几顶帐篷的顶上冉冉升起了白色肚皮的热气球，它正在爬升。即使站在远处也能隐隐约约地听到它巨大而低沉的嘶吼，像被人用麻绳拴住了鼻子的野马，叫破了嗓子也要在夜里愤怒地嘶吼几声来表示自己在负隅顽抗。这是火焰撕开空气发出的崩裂声，闭上眼睛，你会误判是从湖面刮来的飓风。

"好饱。"她丢开擦嘴的纸巾和包装袋，张开四肢，望着升起的热气球很是兴奋，"我们去坐热气球吧？这么美好的东西，错过了就怪可惜的，快走。"

"远看才美。"

"榆木疙瘩！远看你是永远得不到的。"

"得到了，你就看不见它了。"

她斜眼望着我，一肚子火气。

"你是不是怪我刚才坑了你，还不给你吃的？"

"我不饿。"

"那你几个意思？说话带刺、嘴里放炮的好像跟我有仇。"她故意夸大其词。

"没有。我说话一向如此。"我很平静。

"你是不是也清心寡欲？看到好看的东西只会远远观看，

不敢去碰？怕碰了它就消失了。"

"未必。只是不想。"

"你看我美吗？"她跨步走到我前面，试图让我停下脚步看她。我看见她眼里的光在颤动，风中的头发差点儿吹到我的脸上，她身后的白色热气球正冉冉升空。天空明净得像夏季雨后的傍晚。

"美。"平心而论。

"那你不想得到我？"

"从未想过。"

她的问话让我反思了一下自己的内心，有那么一刻，我思考着我能否说服自己对眼前这个姑娘有一些非分之想，最后得出的结论是不能。我没法让自己对眼前这个刚认识不到半小时的姑娘产生感情，尤其这里的美景突然让我无意识地想起了"2号上铺的布兰妮"。

"我懂。我都懂。你是怕得到我了，就失去了我的美。"

她的话有些让我震惊。我用复杂的眼神望着她，她没有回避，我对她的过分注视像是早在她的意料之中。我想我是被她的话吸引了，而不是被她本人。

"算是吧。你这么想也可以。"我说。

"你真是个善良的人。"

"我不是。"

这时我们已十分接近热气球，或者说，它正在向我们撞击过来，可实际上仍高傲地悬浮在远处的天空，虽然眼看着要被它撞到，却还离得非常远。更接近热气球，它看上去却更没了在远处观看时的威严与给人的压迫感，你会发现，它也就是一个球而已。

"还是在远处看它比较好。"她最后快快地说。

人群围成了一个大圈，像在草地上啃食的动物，火焰喷射的呼啸声淹没了人群的声响，白肚皮下的篮筐里站着三个人，其中一个像是摄影师。

"太浪漫了。"她似乎完全忘记了刚才的不快，被眼前的景色吸引，"谁要是在这里向我求婚，我保准答应他。"说完不忘看看我，等我接话。

"我可以帮你们拍照。"

"最后你拍的还得后期修图。"她不加掩饰地笑起来。

"你们女孩子都吃这一套？"

"吃的。很少例外。"

我笑了笑没有去看她，走到草地上，摘了一朵黄色的小花回来递给她："嫁给我！"

"你说什么？"她吃了一惊，口气都不自然了，但立马又镇定下来，"好呀，来！给我戴上，我答应你了，嫁给你！然后呢？"

她没有接花，却把头靠了过来。我给她别在了头发一侧。

"没有然后了。"

"什么意思？"她疑惑起来。

"我后悔了。"

"哼！"她一把把花扯下来，"不好玩。刚有了兴致你又熄火了。"

我们最后也没有去坐热气球，因为时间不多了，前面预约的却还有不少人。

全车人员到齐后，我们立马开拔去了茶卡。或许是这短暂的放风时间，大家已领悟到了高原的独特，故而在导游再次介绍起前方的旅行路线及相关事项时，在座的都不约而同地表现出不冷不热的态度。女孩跟上我坐在了我旁边的位置，我摇头晃脑、东张西望，试图记起她之前的位置，却断了片，这让我越发觉得此人来者不善。她仍旧笑嘻嘻地，不时也左顾右盼，偶尔回头看一眼。大家在车上解决了午餐。到达茶卡后，导游仍旧先拿着大家的证件去换取门票，紧接着，我们买了进出盐湖中心的全程观光火车票。

火车在艳阳下暴晒，没有一丝脾气，它红色的顶与黑色的皮在白得发亮的铁轨上缓慢爬行,负重累累,坐在上面的人心中不免有一丝惭愧。到处是白,就像你在乡下的晚上闭了眼睛睡觉看见眼前的黑一样,浅浅的湖水是白的,浅浅的湖水下的湖底是白的,四通八达的道路是白的,远处隐藏在白昼下的低矮群山也是白的。

强劲的风一如既往地吹过。它像要横扫这些踽踽独行的滚烫机器,好几次我们甚至能感到车身在不情愿地摆动。我们什么都看不到,或者说,我们看到的一切事物都被白色覆盖了。据说这里是西部最大的露天盐田。

路上我们不时能看到远处开垦时留下的巨大沟壑,现在几乎都干涸了,有几处还有运输车和传送装置,热风一浪叠一浪扑打而来,汗珠隔着衣服一颗颗滑落,流过的地方传来一丝清凉。

盐池的白光已经让我无法自由观赏风景了,我只能将视线放低,在铺着黑色碎石的铁轨与车檐垂下来的遮阳布之间来回穿梭,试图找寻自己需要的景色。

逐渐地,路上不时闪现出几路人群,或相迎着,或背对着。他们行走在白色的盐地上,酷热的天气与长途跋涉带来的体力透支让他们都略显疲惫。这一下午的时间,我们都花在了这片盐田上。在最后的目的地,人多得难以觅得一处专属自己的领地。我被这黑压压的人群与火辣辣的热浪击倒，失去了感受这处汇集了太过的赞誉和追捧之地的意识。

不知何时，那个女孩已经不见了，我觉得她可能已经丢下我另寻新欢了，这倒让我轻松不少。我回去的路上在可以写明信片并盖章的店里停留了片刻，在一张明信片上写下了简短的几行字，并将它贴在店内专门用来张贴明信片的墙上。

"需要帮您拍张照吗？"老板指指墙上。

"在这里？"我环顾四周的地板。

"对。你可以证明你来过这里。"

"不用了。谁在乎我来过这里呢。"

"好吧。付款请扫这里。"

我并不在乎谁会在乎我来过这里。只要能找到我想要的"粗枝大叶"就好。

我付了钱往外走，正好撞见女孩跟另一个同伴走进店里。她莞尔一笑，随后拉着同伴躲开我闪进了店里。阳光下，我看见她们在说着悄悄话，继而里面传来阵阵嬉笑打闹声。

半小时后，她们回到车上，她单独来到我的身边坐下。

"你写了什么？"她微笑地望着我。

"一些无关紧要的。"

"我得告诉你一个秘密，"她凑过来把嘴贴着我的耳朵，然后悄声地说,"其实我们刚才在打赌。"

之后她便没有再说什么。她的话令我感到困惑。

疲惫不堪的客车静静地行驶在悄无声息的高原。窗外什么都看不见了,人们纷纷进入睡眠。

车子到达终点站前在一处拐角处的路口停下,有人下车,一个嘹亮刺耳的声音击破了车厢的沉静。

"再见了,我的男友。"这是她的声音。

我耸耸肩,抬头望见了站在车门口正准备下车的她。她笑着,像夏日的阳光从树叶间落下,并且正拿那种复杂的眼神看我。我感到莫名其妙,不知道她又在玩什么把戏。

"再见了,男友。"又一个声音如此说。

这是她的闺密,也就是她说的打赌的同伴。

夜色蒙蒙,市区已经下过一场雨了。路面湿得恰到好处,没有任何积水。我拖着疲惫的身体和脚步向我的住所走去,顾不上体面。我取下口罩贪婪地呼吸新鲜空气,下午的烈日让我还未从暴躁中缓过气来。我吃了晚餐才折回住所,这样我就不用再下来一趟了。

我把自己从头到脚收拾干净,在忍着困意将翌日的行程都安排妥当了之后,才来到休闲区,静静等候某个时刻撞见我儿时的旧友"一罐弹珠",因为在向他道别后,我就要到西边去了。

　　说来奇怪,我竟有点儿想念白天的那个女孩,甚至臆想中她也去了西边,并与我无可救药地坠入了爱河。这感觉竟强烈得多过我对"布兰妮"的想念,虽只是片刻。我甚至觉得她自报了名字,只是我没能记住。

【5】

我正在看一篇关于如何在无人区自救的文章,这些杂志散落在大厅一角无人问津,落了不少灰。我刚认识的一个朋友容光焕发地向我走来,他一屁股坐在我对面的沙发上,把同座的一个瘦子弹得老高,身子都不自主地摇晃了。我们简短地打过招呼之后,他便向我提出了一个让我匪夷所思的不情之请。他的女友跟一个陌生男人跑了。这个男人我也见过,就在昨晚我们几个还一起打过扑克牌。

"我已经打听过了,他们目前正在开往拉萨的火车上,动身去追是不可能了,但是,"他扶了扶鼻梁,虽然他的鼻梁上并没有眼镜,我想他可能是为了缓解自己的尴尬,"我的朋友,你能不能在你明天或后天去那边之后顺带着帮我留意一下,哪怕没有任何踪迹。我也知道这几乎不可能,也很不礼貌,要是看见他们请务必给我捎一个口信。这是我的联系方式,你留着。"

他递给我一张纸条,参差不齐的撕口看得出是他临时起意匆忙准备的。

"这不可能。"我说,但还是接过纸条。

"我只是说这种可能性。不勉强。"他略微失落。

"不。我指的是，要想在拉萨遇见他们几乎是不可能的。我不知道他们住哪儿，甚至不知道在不在拉萨。"

"是，这我知道，所以我并不抱希望。我想我只是自欺欺人或者说寻得一点安慰罢了。行吧，你看着办。我无所谓。"他在我肩上拍了拍，然后就像泄气了的皮球把身体陷进沙发，如释重负。

我把他交给我的任务在手上捏了捏，并不打算现在就把他的联系方式记下来。我想，我可能并不会帮他，我是说我压根儿不觉得我能帮到他。我甚至怀疑他是不是喝酒把脑子喝糊涂了，因为我发觉他此刻的兴奋和精气神有种飘忽不定的迷茫，也许过了明天他自己都不会否认自己干了一件傻事，他要是把这事交给其他任何一个要去拉萨的朋友都会比我有胜算，因为我从不进酒吧之类的娱乐场所。这么一想，我似乎彻底泄气了。

"你玩得怎么样？应该有所收获吧。"

"毫无收获。遇见了一个……这里有些问题的人。"我翻着白眼，指了指自己的大脑。

"女孩？"

"女孩。"

"那没问题。只要不是男孩子就行。"他打趣地笑。

我原本不想问，但最后还是犹豫着问了："你爱她？"

"爱？不清楚。你如果是指在乎的话那我确实是在乎她的。"

"她对你呢？爱吗？"

"鬼知道。这么轻易地就跟人跑了，你能说她爱我？"

"她能轻易地跟人跑了也就能轻易跟你跑了。她能轻易地爱上别人，为什么不会轻易爱上你？"

他看向我，我感到一股子鄙视朝我扑来："那也太渣了。"

"这么看来你是希望她爱你。"我想听听他的回答。

"她不爱我。"他否认了，"我能感觉到。没人能够在这么短的时间爱上一个人。"

"你说得对，没有人会在这么短时间爱上别人，或许他们压根儿不是背着你逃跑了，顶破了天，也就是正好在这个时间点他们有着共同的目的地。"

"正好在这个节骨眼儿上。"

"没错。"

"火车真是等不及。几分钟都等不了。我都还没进门呢。"

"他们就跑了。"

"没错。"

我突然意识到自己犯了一个错误，只好闭嘴沉默起来。我想我是无论如何也安慰不了眼前这个坠入爱河的人了，或许连他自己也没发现,他还一个劲儿地误以为是自己在赌气呢。我没有接他的话茬儿,而是把目光投向刚进来的一个衣着整洁脸上干净的女孩身上,看得出她刚洗漱完。不巧的是,她是由"混合房间"出来的,这个发现可惊呆了在座的大多数人。

我起身离开了这个是非之地。

第二天,我便动身去拉萨了。在车上,我遇见了一对有意思的恋人。为了打发漫长的时间,我被迫接受了他们大多数的交谈内容,自然了,那些贴在耳边的悄悄话我就没办法知道了,这也正是让人困惑的地方,他们看着像父女,言谈举止却又是正儿八经的恋人。

男人留着寸头,两鬓和脖颈处剃得精光,黑色的短袖与棕色休闲裤显出几分商务气息,小眼睛大眼眶,下巴已渐显中年人的发福趋势,肥厚的鼻翼,右手腕套着一圈玛瑙珠,最引人注目的就是亮铮铮露在脖子外面的几处牙齿咬痕。女人瓜子脸,一头乌发散发着自然的光泽,她的脸没有抹任何化妆品,却细嫩如水,光滑的嘴唇与闪闪发光的黑眼睛同银幕上的少女无二,一头乌发扎着两根马尾辫,发箍和长袖无帽卫衣都是墨绿色的,毫无疑问,她很年轻,至少外表上看上去如此。

男人搂着女孩,但看上去是女孩要求的,他很不情愿的样子。

"好无聊啊。我们还要多久？"女孩可怜巴巴地望着男人。

男人耸耸肩，挤挤眉，表示这不是自己的错。

"不清楚，马上、马上就到了。乖。睡一觉就到了。"他安慰她。外头正艳阳高照。

"可是我好难受，我头晕。"她将头紧紧依偎在他的肩上，舍不得动弹。

"闭着眼睛，没事的，没事的。"他像拍着手中的小猫一样抚慰着她的头，目光却在发愣，死气沉沉地盯着前方。

"你说，你会不会不要我？"

"傻瓜！怎么可能呢。"

"不！你就是不会要我！我知道的。"

男人被这傻里傻气的样子给逗笑了，他紧紧地用双手搂了搂她的肩膀，将她的头埋进自己的胸前，直到她直呼喘不过气了才放手。

"现在你知道我会不会要你了？"他满意地问她。女孩被勒得咯咯笑。

"唉，我真搞不懂，我有什么好的！"女孩轻轻地叹气，表情看起来很自责。她抬头从头发间望向男人，像要把他看穿，看他是否在讲假话。他低头怜爱地在她额头轻轻吻了一下，生怕把她亲疼似的，又用空出的另一只手帮她把掉下来的刘海别在耳后。"真希望时间就定格在这一刻。"她对他说,"我知道你终究会离开的。"

"又说傻话了。"他温柔地望着她,没有说更多。他知道此时无声胜有声,表达爱意的最好方式就是沉默着一言不发,然后给对方深情又温柔的一吻。

"你说说看,我有什么值得你喜欢的?"

"这要说的话那可多了,今天怕说不完。"

"不怕,我们有的是时间。我们就只剩下时间了。"女孩有了兴趣。

"你长得美。"

"还有。"

"能吃能睡。"

"还有。"

"很乖。"

"哈哈……"她终于喜笑颜开,一扫之前的愁眉苦脸,"油嘴滑舌、油腔滑调、油里油气。可我就喜欢听你说这些。你接着说,我还要听。"

"好了,好了,明天再说。今天先休息。"

"可是我睡不着。你说嘛。"

"乖,下次再说。你最听话了。"他盯着她,期待着她的回答。她把头低了下去,突然变得毫无生气了。

"我是乖。可我睡不着。这也不能怪我。"她把手无力地垂下。

"我没怪你。"

"有!你就有!你就是嫌弃我了。"女孩突然跳起来一把推开他,将头靠着车窗,望着窗外不时闪过的羊群牛群以及远处一动不动的山脉,我猜她根本没看,眼望着那边心却想着这边,就连头发甩得乱糟糟的也丝毫不在意。

男人这下终于慌乱起来,他不时往过道一侧瞧上一眼,也不知在瞧什么,有时又向身后吸烟处张望,像是突然意识到危险正在靠近。

"我没有。你误会我了。我只是累了,今天需要休息。"

"说得好像我不累。"

"我知道你也累了。所以我才叫你休息,明天再讲给你听的。"他的语气温柔得像晴天夜空里的一丝浮云。

"我不听,我不听!哼,你就是嫌弃我了,还不敢承认。敢做不敢当。"

"我真没有。"

"敢做不敢当。孬种。"她说话越来越难听。邻座的几个人都为他感到愤愤不平,似乎随时都会为他出头的样子。我几乎已经做好准备她会说些更难以入耳的话,并且不无担忧,他会不会突然暴跳如雷,给她一记耳光,哪怕突然从座位上跳起来给她一声怒吼,也足以让她为自己的鲁莽感到懊悔。但是他没有。他完全没有被她的话语激怒,相反,他更加温柔小心,对她呵护备至。

"你想骂就骂吧。骂个够。我知道你心情不好。都是我不好,没买到卧铺票,要不也不用受这份硬座的罪。"他语气一如既往的平和。

"不,是我的错。"她依旧没有回过头来,明显不放过自己,"是我坚持不让你买卧铺票的。是我自作自受,是我自以为可以陪你吃苦。我活该受罪。我只是想证明自己不是个没用的家伙。我可以为你做些什么。我只想证明这个。你没错。都是我的错。最后也证明了我就是没出息,我吃不了苦,还硬要拉你下水。"

"别说了,我求你别说了。"他一把将她揽入怀里,发现她早已成了泪人,"跟谁过不去,也别跟自己过不去。"

"我不知道自己这是怎么了。对不起。我不该这么对你说话的。"她的眼泪一直沿着脸颊滚滚滑落,他都来不及拿出纸巾,它们就先后跳到她衣服上去了。他只好在她的泪痕处抹了几下,而她冷若冰霜,像刚经历了始料未及的巨变,变得麻木且了无生气。

"没事了，没事了。一切都会过去的。"他轻轻地拍着她的脑袋，像哄小孩入睡，"你没有拉我入水，是我自愿的。"他若有所思，看不出是在想事情还是在休息。

过了一小会儿，女孩突然就笑着大叫起来，完全不像伤过心的样子："老高，你真好！我怎么可以这么幸运。"

"你又在玩把戏？"男人一脸困惑，茫然地望着她扬起来的头。

"没有！这次绝对没有。我发誓，我刚才是真的很难受。"她举起一只手放在耳边，却丝毫不克制自己的笑容。

"不难受了就好。"

"你不生气？"

"这有什么好生气的。我倒觉得挺可爱。"他用食指刮了一下她的鼻尖。

"唉，真是为难你了。你与我这么孩子气的人相处不容易吧？"她若有所思。

"还行。"

"我有时自己都忍受不了自己，也不知道你是怎么忍受得了的。"她把头再次依偎在他肩上，"我问你个问题，你真觉得我美吗？"

"美。"

"不违心？"

"千真万确。"

"为什么我自己不这么觉得呢？"她又低头思索，好像这样就能从冥想中看见自己。

"自己是否美貌自己是看不出来的。"他温柔地摸了一下她的眉毛。

"那是谁看？"

"别人看。"

"那我怎么知道你不是在骗我？"

"你可以问问其他人。"

她立马坐起来，左右看了好几眼。他们的三人座位上靠过道的是一个四十岁左右的男人，隔壁坐的是一家老小，再就是留着络腮胡子的大汉，看样子都是些不合适的人。她把视线拉回来放在我身上，十分正经、一板一眼地慢声对我说："你觉得我美吗？"

我看看她，再看看那男人，男人做了一个无奈又支持的表情。

"当然。你很漂亮。"我实话实说。

或许是她误认为我言过其实，竟羞涩地笑了，最后害羞地将头埋进男人的胸口。男人抚着她的头，用满意的笑容望着我对她说："你看我就说嘛，别人看你也是非常漂亮的。这点你该自信。再说，我何时骗过你？"

"对，老高你从来不骗我。我觉得我很幸福。"她把自己缩成一只猫，脸上挂着笑。说来奇怪，要是换成别的任何一个人，把这种事情当众说出来时，你一定会觉得这个人做作，虚伪得可笑，可她这么说的时候你压根儿不会往这个方向猜，因为她实在太天真了，说的话就像是孩子的思维跟语气。

"睡吧，你先睡一会儿。"他轻声地说。

他略带疲倦，眼袋又黑又鼓，像装满了秘密。

男人给了我一个肯定的眼神，算是表达对我刚才表现的感谢，之后似乎是由于有些累了，便闭眼休息了片刻。我几乎是吓了一跳，因为他闭眼休息时的神态跟他对女孩说话时差别甚大，此刻的他，沉默而威严，突然显现出世俗男人特有的某种沉稳和老练，这不免让人怀疑他正怀揣某种不可告人的计划。

火车匍匐在青藏高原上，两根铁轨坚硬如梗，由于多年午日的艳阳炙烤与早晚寒气的逼迫，已经黑得发亮。祁连山脉在远处忽高忽低地伫立着。正值下午三点，窗外时而明媚时而阴沉，由于隔音玻璃擦得过于干净，强烈的光线使得玻璃内壁把车内的人群反照了出来，这时观看外面的景色就得把脸贴着玻璃才可以看得爽快了。车厢人群杂乱，这不仅体现在年龄上，更多还表现在旅客的衣着上。人们说话很轻，很细腻，声音低沉得像时刻都在布道或为某人祈祷。青藏铁路的两根铁轨就这样把高原网在怀里。

　　我顿时感到索然无味。火车前方到站是德令哈，一处颇具异域风情的景点。我有很多个车次可以选择，可偏偏选了正当午的这趟，因为我想着明天到达目的地的时候也几乎是这个时间，那时我能有足够的时间找寻住宿的地方和周围的餐馆。不知何故，我总担心自己会饿肚子，这是不应该的。我想，这可能跟我童年时期诸多值得回忆的食物有关，比如被拖拉机突突突拖来的满车的青苹果。

　　就在这时，一道彩虹把沉睡中的人惊醒，人们纷纷举起手机对准窗外乱拍一气，火车在前行，完全不顾这莫名其妙的骚动。远处是村落里一些白色的低矮建筑，彩虹就是沿着这些白色建筑较远的那个角落升起来的，更远处的群山连绵起伏，像低矮的山丘，更近处又是一片布满水洼的草场，它的一侧有白色的栏杆围着，看不出围住的是草场，还是村落。一条弯曲的河流蜷缩在草丛中，静静流淌。本地人丝毫不为这风景所动，他们都闭着眼喃喃低语，没人听懂他们到底说了什么。

　　"我们到哪儿了？是不是快到了？"女孩眯着双眼，意识模糊。

"还早,再睡会儿。"男人拍抚着。

"我睡不着。"她坐起来,又接着站起身整理了穿着,"有没有吃的?我饿了。"

"等着。"

他起身去行李架上翻找,由于身体偏胖故而显得很是吃力。他把箱子打开一个小口,伸手在里面掏了半天,终于把想要拿的东西整齐地摆满了不大的餐桌。

"这个?"他把一包膨化食物在她面前晃了晃。

"不吃。"女孩摇头。

"这个?"他换了一包零食。

"不要。"

"这个?"他捡起一根香肠。

"太辣了。"

凡是他递过来的零食她都一一拒绝了。

"我也不是想吃东西。我只是觉得挺无聊。"她喃喃自语,不看任何人。

"没事的,等到了拉萨就好了。"

他放下手里忙乱的一切,再次把她搂在怀里。

"到了拉萨就会真的好了吗?"她反问他。

"会的。我保证。"他大拇指压住小拇指,把三根中间的手指竖在耳边。

"好,我信你。"她立马转悲为喜,眼里又开始放出光来,看上去对一切事物突然感兴趣了。

这时列车员进行例行查票,带头的一个长得十分粗壮,又十分严肃,我想是他们的制服和工作任务让女孩突然变得安静了。她一言不发,眼皮都不抬一下,全程都是男人帮她掏身份证,接受检查。等到他们走远了,她才悄声对他说:"我觉得这些人好可怕。感觉好像随时可以把人抓走一样。"

"你能不能别一惊一乍的。"男人笑着说。

"真的,我不骗你。我看好多警察抓坏人就是这么抓的。你说,我们这个车厢会不会也隐藏了正在执行任务的便衣警察?"

"抓谁?"

"抓你!你是坏蛋!"

男人很是自在地大笑,引得我很好奇地往他脸上瞧了一眼。

"对,我是坏人!我把你拐了。"

"瞎说!明明是我自己走的,然后你跟在我身后,如此而已。"女孩一脸得意。

男人停顿了片刻,收了笑,对她说:"不给你家里打个电话？就算只是给你妈妈发个信息报个平安也好。"

"不打。我怎么样跟她没关系。再说我好得很,不用她管。"她口气很是气愤。

"再怎么说她也是你妈妈呀。"

"现在不是了。"

他突然变换了说话的口气:"这样吧,就算是为我着想,你打个电话说一声。无论说什么都可以。就说你现在跟我在一起。要是你家里发现你不见了,他们会把你这次失踪的责任归到我头上。他们真会这么想的,你要相信我,他们为了你是什么事都干得出来的。我这可不是危言耸听,你好好考虑考虑我说的话,我这是为你好,也为我自己。"

只是稍换口气的工夫,她毫不犹豫地就给出了自己的回答:"免谈。"口气温和又坚决。她似乎明白了大呼大叫是没用了,要用轻言细语坚持自己的立场。

"没有商量的余地?"

"毫无余地。"

男人没有出声,我想他是在思考下一步计划。

"你不用白费心思了。你知道我的性子,我是不吃这一套的,或者说吃不吃这要看我心情。你可别动什么歪心思。"

"不敢。我只是在想,就算是为了远离他们,我们这样跑出来对你的身体未必是什么好事。说不定还会更坏。"

"这有什么！反正我有大把的时间！有一年呢。"

"不要说这种丧气话！"他突然温柔地抚摸着她的脸颊，紧紧抱着她，"如果可以，我真希望你没有这一年。记得吗，我们那时多开心，你也一切正常，不用忍受这一切。"

"不用担心，"她抱住他的头，用微笑安慰着他，"我现在也很开心啊。"

"但原本你可以拥有正常的生活。我想，也许当时不一定非得这样做。"

"我猜到你又想把责任推到自己身上了。"

"还记得你第一次带我去见你家人吗？我印象很清楚。那时我心里就清楚得跟看河里的鹅卵石一样，清澈见底。看得出，他们对我并不满意。不过我可以老实说，我从未有过要放弃你的想法。除非你想让我放弃。"

女孩眼角又泛起泪光，她紧紧抱住他的脖子："我不想。我也不许你想。"

"我想着我们不能总这么偷偷摸摸的。可你现在的做法，倒显得我好像真的是鸡鸣狗盗之徒了。"

她松开抱住他的手，重新坐回自己的位置。

"这是两码事。"

男人有些泄气，没有回话。

"旅客们，列车前方到站德令哈站，请到站的旅客携带好随身物品，准备下车。"广播里传来一位甜美的女士的播报声音。紧接着，列车刚一到站还未停稳，女孩就气冲冲地跨过男人的腿夺路而逃，跟着几个下车抽烟的男人下了车，脸色惨白。

男人摊了摊手，试图向周围的人示意自己的无辜，但没过半分钟，他就垂头丧气起身也走了出去。上车的人不多，几乎在停车的一瞬间就把人都拉上了车，倒是下车抽烟的人过了一把烟瘾，火车足足等了二十分钟才离开。

从德令哈到格尔木，我们穿越了滴水未见的柴达木盆地，轨道两侧是少得可怜却又无比稀有的绿化带，青葱的山峦已经秃顶，没有了丝毫生命迹象。这里的云都变成了灰色，唯独插在广袤无边的黄沙上的白色风车让人感觉这片土地原来也曾有人光顾，这种荒凉的景象使得众人纷纷沉默。火车在这一段也明显降下了速度，常年干旱以及难以储备雨水的土质使得这里寸草不生，仅有的几个灌木丛也几乎只有野草一般高，蜷缩在沙地里一动不动。火车似乎也胆怯了，开得慢慢的。有时我们会望见沙地的远方出现了一片碧蓝的湖水，它浅浅的，几乎要被沙地掩盖了，可这也丝毫拯救不了柴达木盆地里的干旱。火车到达格尔木时，夜幕已降下了。火车再次发动时，车厢内已经开始进行高原供氧了。

"你们要错过青藏铁路最美的一段了。格尔木到那曲。"有人为旅客们解释道,"现在外面要全黑了,雪山、高原湖全不见了。"

到了晚上,女孩的气色明显比白天好了,人也变得更活跃,完全将白天的不愉快抛之脑后。至于风景,她是毫不在意的。她甚至从未好好欣赏过白天窗外的风景。那些风车、彩虹、湿地全在她的身后缓缓移动,因为她总是抬头望着男人。整个下午她都在跟男人嬉闹。这会儿她又开始跟男人打闹起来,又抓又挠,她掏出自己的皮筋动手在他头顶的位置扎出一个小翘翘还不收心,又在他脑袋的侧面扎了一个。男人半屈半就抵挡不住女孩的进攻,只好像小女孩手中的布娃娃一样嬉皮笑脸地任她摆布,最后还被迫拍下了一组表情难看的丑照。

"你后不后悔?"他扯下皮筋套在女孩手上。

"那要看关于什么。"女孩津津有味地刷着刚才拍的照片。

"休学。"他似乎在沉思某件事情,"这可不是五一或国庆,几天或半月。这是整整一年,你会不会想念自己的同学跟朋友?你这个年纪正是在学校读书的日子,不该无所事事,碌碌无为,我希望你有自己的思想,有自己的生活。"

"要是关于这个事,那我不后悔。我就算不跑出来,凭我现在的身体状况也是要在家休学一年的。与其困在家，不如跟你出来玩呢。"

"你就不想念校园生活？"

"想。但我也知道回不去了。"

"你要是想，我可以帮你……"

"帮我什么？你能帮我什么？"女孩眼神突然凶狠起来，瞪着他，"这一切还不都是拜你所赐！现在你是想甩锅了还是想怎么的？嫌我是累赘了？哼，男人果然没一个好东西。"

"你又胡说了。"

"我没有胡说，至少我说的都是事实。"

"我只请了半个月假。"男人十分诚恳地望着她，希望她能对自己客气点。女孩望着窗外，一点儿也不把这放心上。男人通过车窗的反射看清了她的表情，明白如果不合她心意的话，自己的任何行为都是徒劳。

"你要是觉得我是累赘，拖累了你，你现在就可以走。我一个人也可以去。"

"去哪儿？"

"不用你管。我有身份证，我可以买票。钱的话我卡里还有，只要我想，总会找到地方去的。"

"你还小，一个人很危险。"男人无助地望着她。

"我已经成年了！我现在是大人。我二十岁了。"

"生日还没到呢。"

"就是二十！不信你可以看身份证，就在你那儿。你给我看看，我自己看。"她动手来搜身。

"那我看看。"男人假装要往包里去掏，眼睛却时刻注意女孩的反应，果不其然，还没等他找到东西，女孩就夺过包揣在自己的怀里。"不准看！"她紧紧地抱住它，"不准你看！就知道你没安好心！待会儿你又要取笑我证件照没拍好了。"

"我可没这么想。"男人藏起自己的笑容。他放下双手，全身松懈下来，女孩也把头转过来，她已经平复了下来，一副不想给任何人惹麻烦的模样，又像反省，又像自言自语，不无讨好地说："我知道你是为了我好。我不跟你闹了。"

火车轰隆隆越过了沱沱河，河水泛滥。

"我觉得我很幸运了，至少身边有你。你要是背叛我，我就把你丢进河里喂鱼。"女孩说。

"高原没有鱼。"男人说。

火车在夜里翻越了昆仑山。

女孩突然呜咽，最后竟演变成大哭。就在毫无征兆的时候，这事就突然发生了。

当时时间还算早，晚上刚过八点一刻，完全不符合深夜心情陡然崩溃、无处宣泄的情节。车厢里的人们都进行着睡前的最后交谈，还有的抱着泡面在狭窄的过道里扭来扭去，年轻人打牌的兴趣刚抬头。

女孩前脚还在跟男人打情骂俏不亦乐乎，待到稍微休息片刻，她便在睡梦中惊醒，最开始邻座的旅客还以为她是做了个噩梦，到后头哭声像冬天强劲的寒风，传遍了车厢的每处角落，甚至引得隔壁车厢都有人跑过来瞧上一眼，看看出了什么事，这才使得看热闹的人觉得事态有点严重。

不过与其相反，男人除了神情有些不自然外，其他的一切表现很正常，好像他知道她的哭泣是意料之中的事，也是不可避免的常态。

男人轻声地安慰着她，她仍闭着眼哭泣，像丢失了最重要的玩具的孩童，完全没去理会他的说教和劝阻，一个劲儿地把声音往大了喊，话语一句接一句地频繁跳到空气中。不难发现，她的这些话毫无逻辑。大致意思是，她先咒骂了自己的出身，接着是家庭给她带来的压迫和不自由，最后归结为这一切灾难都来自眼前这个男人。她爱他，这就无可避免地把一切原本可以好起来的事情往坏了推，不说远了，只说眼下这次始料未及的"逃跑"，就全因为他包容了她的缺点甚至支持了她整个"逃跑"计划，他这是在助纣为虐，她说。

"你把药放哪儿了？是不是忘了吃？"他突然有些慌乱。

"吃了。早上就吃了。"女孩有气无力地说。

"那就好。"他悬着的心放了下来，"吃了药就好。"男人舒了一口气，就好像是自己需要吃药且按时吃药了。

"吃了也没用。不如不吃。"

"那怎么行，医生叮嘱的，每天一片，一天也不能少。"

女孩眼里突然出现了一丝悲凉，但更多的是绝望。

"老高你说单单活着，不去想其他乱七八糟的事情，是不是就会轻松很多，没有烦恼？"她试图寻找安慰。

"不管如何，你都要好好生活。我会陪着你的。"男人亲昵地望着她，替她拨弄了遮住眼睛的头发。

"我不要你活得这么辛苦。我要你也好好生活。"

女孩噙住眼泪不让它掉下来。

"我正在好好生活。"男人深情地望着她。

这个不安的高原之夜漫长而孤寂，女孩的病情在这个夜里犯了三次，每一次都歇斯底里、撕心裂肺，这悲伤的情景让邻座的旅客无法坐视不管，并纷纷伸出援手，主动要帮他们寻求列车医护人员的帮忙，直到男人一再解释并保证这是正常现象，过一会儿便会一切正常时，众人才停住了脚步，但女孩的犯病与男人的镇静之间的反差仍无法打消人们的猜忌。男人虽然镇静，但这"剧情"反复上演倒确实给他带来了不少的麻烦和尴尬，他一刻不停地小声安慰她，好几次还下意识地用手去捂住她的口鼻，这种情形让我十分怀疑他的为人以及他与女孩关系是否正当。

"我好难受。"

女孩抱住男人痛哭，她哭得很凶，哭声像发生了抽搐般很急促地一张一弛。这种哭法完全是小孩子伤心欲绝时才哭得出来的，就像发出巨响的机器骤然间哑了，你会担心她会突然就一直哑下去直到断了气。

男人没有惊慌。他安抚着她，时而安慰，时而又装腔作势、低声竭力呵斥，不出意料，所有的努力都是白费的。最后还是女孩自己逐渐放松了下来，慢慢进入睡眠，才使得整个车厢再次归于平静。

"一切都会好的，我保证。"他亲吻着她的头发，喃喃自语。

经历完一次又一次的哭泣，女孩睡熟后，他也没敢帮她擦眼泪，因为怕将她惊醒，这样就得不偿失了。就在之后的某个时刻，进行完晚检与最后的晚安道别广播之后，又来了两个穿制服的警察，他们径直来到我们的座位，用严正的语气打破了难得的平静。

"你好，请问是高山先生吗？"为首的警察问他。

"您好，我是！"男人松开抱着女孩的双手。

"麻烦你跟我们走一趟。我们接到报案，你涉嫌违法绑架一名年轻女子。"警察义正词严。

"我没有绑架。"男人解释道。

"你好，请问你是来英女士吗？"为首的警察没有理会他，而是又把目光从男人移到女孩身上。

"是不是我家里跟你们说这个男人绑架的我？"女孩几乎叫出来。

"目前是这样。"

"他没有！他没有！我分明是自己跑出来的。腿长在我身上，你们看不到吗？"女孩眼里开始翻滚泪花了。

"请别激动。我们只是接到命令前来调查。"这位警察平静地说，接着又对男人说，"请跟我们走一趟。""另外，也请你配合我们工作。"他先对女孩说，马上又给身后的警察打了个手势，"你带她去工作室。请护士先耐心观察，等待医生前来诊断。"

"诊断什么？"男人不安地问。

"你不会不知道她有严重的抑郁症吧？根据她家里反映，她有精神类疾病需要送去相关医院进行治疗。"警察说。

"她没病！"男人硬气地说。

"这目前还不能确定。"

"我没病。"女孩的声音又开始有了哭腔，"我只是……我只是心情有时不太好。"

"医生来了会怎么样？"男人问警察。

"如果确实需要，那么会根据相关手续，在征得家人同意后去医院进行治疗。即使不是这个问题，那也是不能乱跑了，毕竟她有严重的抑郁症，也还未大学毕业，她家里说她休学一年原本也是为了这事，只是没想到，会出现绑架这样恶劣的事件。"警察回答说，"你还是想想自己吧。如果罪名成立，你将面临刑罚。"

"如果这确实是污蔑呢？"男人不为所动。

"那么我们会根据法律程序还你清白。"

"都污蔑了，再还清白有什么用！"女孩怒气冲冲，"我是当事人，为什么我的话不能作为证据？我能证明他是好人，不仅没有绑架我，还一路把我照顾得很好，比我家里人都要好。我可以证明！你们凭什么干涉我的自由？就因为我是跟一个男人偷偷跑出来了，就非要恫吓威胁人家？不对，不是我跟他，是他跟我。是他跟着我偷偷跑出来的！你们为什么不去问问他家里？难道是我绑架了他？"

她说到最后时，嘴唇也不曾有一丝颤抖。这不免让人猜想，这些话或许已经演练了好多遍。但她的声音渐渐变小了，这都是刚才疾病反复发作引起的。

"没事的，相信我。一切都会好的。"男人安抚着她，帮她整理了一番衣着和头发。由于情绪过于激动，她现在形象略显狼藉。

"我不要你离开我。我知道这是家里人的诡计。我就是不喜欢他们的做法，才从家里逃出来。我不要回去。我不。"她声音微弱了，不是怕顶撞了两位执法人员或怕干扰车厢里的其他人，这是一种渐渐陷入绝望却又不甘陷入的声音，即使微弱，却不示弱。

"没这么严重。"

"就有。只要你不在身边，就很严重。"

"请跟我们走！"为首的警察打断了他们的对话，他中年人的老练跟威严即使不说话也带有震慑力，他抬手指挥身后的年轻警察并声调迅疾而有力地叮嘱："看好她！别出什么意外，一直等到医生来，让医生给我打电话。"

女孩坐着没动。男人率先站了起来。

"我跟你们走！还请你们客气点，她情绪有时会不稳定。但她没有病。我希望你们记住这一点！她只是心情有时不太好。"

男人说着,又不舍地望了女孩一眼,"听话,配合警察的工作。我们待会儿见。"他又对女孩说。

"最后,警察同志我还是想证实一个问题,先不论我是否真的犯了绑架罪,只论她,如果她的医生诊断只是轻微的抑郁症,这也就是说,她还是有自主行为能力的,那她是否可以不用立马回家里,至少可以先完成这一次旅行再返回家乡接受治疗?"

"这自然是她自己的事。我们的出现是因为你,不是她。"

"懂了。那我跟你们走。"男人跟着这个中年警察开始往车厢一头走去,他最后还对女孩说了一句:"不要闹情绪,保持心态平和。记得吃药。不要下车,你一定要坐到终点站。记得我说过的吧,不要怕困难,一切都会好起来的!一定。"接着,年轻的警察带着女孩往车厢另一头走去。

中年警察把男人带入单独的工作室,让他又一次报了姓名、年龄、家庭背景等基本情况,并让他把自己与女孩这两天的相处经过事无巨细地说了一遍。老实说,中年警察没有发现任何有力的证据,这只不过是年龄跨度较大的恋爱而已。

"你能保证自己所说的一切都是真的,没有半句谎言?"中年警察问男人。

"我说的都是真的。"

"好了，我们的询问到此结束。但对你的控诉是否成立，还得看她那边的供词。"

"我有一个疑问。"

"请说。"中年警察合上供词，十指交叉。

"你们是怎么找到我们的？我是说，她偷偷跑出来，应该没人知道，即使知道，那又是如何在这么短的时间知道我们要往哪里去？我跟她……"他顿了顿，扶了扶鼻梁，虽然他的鼻梁上并没有眼镜，"我们出了她家就立马赶到火车站买了票，按理说，他们不可能这么快就发现我们要逃离，也无法立马知道我们要去的地方。"

"这就无可奉告了。"警察单手向他摊开，不再让他发问。

而另一头，年轻警察带女孩来到空间相对宽敞的供餐车厢，他让工作人员封锁了车厢的首尾两端以防旅客进出，开始了一些基本的问询。

"他有虐待你吗？"

"怎么可能！"

"有过物理攻击吗？"

"有。但通常都是我对他拳打脚踢。"

"有没有对你有言语攻击？"

"他说话很温柔。他很爱我。也许我对他有过言语攻击。"

我经常骂他。"

"是否发生关系?"

"这个不好说。"

"这是有什么隐情吗?"

"不好说就是不好说。这是个人隐私,有什么好说的。"女孩已经有些不自在了。

"是否发生性关系?请如实回答。"

"我看不出这跟你们的任务有什么关系。"女孩淡淡地说。

"这是你的家属报案的内容之一。"年轻警察放下笔,试图让她放松警惕。

"他们还怀疑他强奸?"女孩惊慌起来。

"别激动。"

"卑鄙!"女孩把身子往后躺在椅子上,她摊开手,表示自己不愿意再多说一个字。

"我觉得你还是说实话比较好。这对他也好。隐瞒事实,也是一种罪。"

"……"

这时医生终于来了。这位老医生七十岁开外,脸色很不好,看样子对这次突然召唤很不满意,但在给女孩做了初步诊断之后却露出了浅浅的微笑。只要按时吃药,基本没什么问题,他对年轻的警察说，接着便又愉快地回去睡觉了。

后来，中年警察突然出现在我面前，他像是有话要问。

"这位先生，这里有一项公务需要你的积极配合。根据法律，你不能撒谎，不能包庇。"

"明白。"我说。

"你是与他们接触最近的旅客。根据你们相处这段时间的情况来看，你是否看到过这个男人对这个女孩有不轨的行为？或者有身体或心理上的虐待和强迫？最后，你通过言谈举止是否看出他有什么可疑之处？女孩是否想摆脱他？请你谈一谈。"

我一时不知该如何回答。因为我遵纪守法，从未去过派出所，没有接受问询的经历。我实话实说："干干净净。"

"你确定？"他又一次确认。

"是的。干干净净。"我说。

之后他点了点头，便走了。过后不久，男人先女孩一步回到了车厢，他身后跟着刚才问我话的那位中年警察。

"她还没回来？"他的眼睛盯住我说。

"没有。"

"你确定？"

"我一直没离开过。"我说。

男人沉默着。他望望等在一旁的警察，又望望我，接着去包里翻腾出纸跟笔，不假思索就快速而流畅地写下了几行字，像想说的话早已在心中酝酿成章。他把它折好递给我，并说：

"劳驾，麻烦等她回来把这张纸条交给她。就说一切都按原计划进行。不要下车。"

说完，他就拿了自己的行李跟着警察消失在走廊尽头。女孩回来后，我把男人留给她的纸条给她，她看完后又开始要流泪了，眼泪还未流出眼眶，她就推开跟在身后的年轻警察朝车厢一头找去。过了许久，她又折回来。

"他什么时候走的？"她气喘吁吁地问我。

"在你回来前十分钟。"

"除了这个，他还说过什么？"她焦虑地挥挥手中的纸。

"不要下车。"

"你确定只有这句话？"她的眼里满是惊恐。

"计划不变。"我说。

她没有再问，马不停蹄朝车厢另一头找去。年轻警察一直小心地寸步不离跟在她身后。这一整晚，车厢里的人都能在睡意蒙眬中望见他们的身影。男人像凭空消失了一样，女孩没有找到男人的踪迹。火车在格尔木与那曲之间没有中途停靠。她最后一次回到这里时拿走了自己的行李，再未回来。

"我真傻！"她眼里已经流不出泪水了，喃喃自语，"他就在这里！就在！我却找不到他。是我害了他！"

火车已经翻越唐古拉山了，之后一马平川，所到之处寸草不生，乱石林立。

远处，雪山被白云堆积，望不见山顶。在雪山的谷地，一条条银白色的雪水蔓延而下，注入干涸的大地。事实上，这片高原水源丰富，从未因水发愁。

最为干旱的柴达木盆地已经远远抛在了后头，眼下这里到处是雪山融化之后流出的河水，河水清澈如泉水，巨大的鹅卵石透射出清冷的寒气。

入藏之后的天边已经泛白，轨道旁出现过一个巨大的碧绿的湖，狭长的湖岸没有尽头，没有动物，低矮的绿草浅浅咬住贫瘠的土地，饥饿无比。

已经下过一场雨了。拉萨河的水充满了泥沙。正午的太阳刺着我的眼睛，火车站的广场上，人满为患，穿制服的武警有序地站在出口维持秩序。天空蓝得像措那湖的湖水。我想，我得首先去找到落脚点，然后在寻找"粗枝大叶"的过程中碰碰运气，看能否找到我的朋友拜托我寻找的那个女孩。

眼下我已知晓"粗枝大叶"至少不会是一幅画之类的东西了，因为拉萨的景致与它完全不符。"布兰妮"、那个腰包别着小熊的女孩、童年的玩伴以及火车上这对奇怪的恋人，这些人身上都有着相关的线索，虽然还不能肯定，但至少"粗枝大叶"的影子已显露其间。

【6】

　　这座阳光之城静静矗立在发源于米拉雪山的拉萨河之畔，河水泛滥，黄沙滚滚，雨后的天空高远而明净。布达拉宫身着黄色与白色的衣绸默默守候着这片高原，四周瘦骨嶙峋的山峰上寸草不生，铅色的山体锋利得连飞鸟也难以逾越，出租车搭载着我一路从火车站往前飞奔，司机师傅留着络腮胡子，身体跟这四周的山峰一样庞大得不像话。

　　我发现这里的出租车跟其他地方的不同，都是蓝底白身，白色是这里的主色调，甚至是建筑的唯一色调。一路上，我望着车外缓缓流动的白色屋墙及屋檐下随风静静飘荡的白色经幡，内心无比空旷。烦恼在此无处遁形。

　　这是日光下的拉萨。

　　这家青旅的大门很是低调，甚至都不修饰一下门楣，仍旧用老旧的过时朱砂油漆门身与生锈的粗大而笨重的铁质门环见人，门梁全挂满红色的绸缎，挂满了灰，掉色的木质门身也同样挂满了灰，远远看去，还以为是掉了漆。大门是敞开的，我跨进门来到露天的客厅，里面空无一人。依附着二楼平台搭建而成的塑料绿色葡萄架的遮挡，使这里显得十分寂静。

我没敢停下脚步在这里观察，因为如果这时有人进来，尤其是客栈老板走出来，望见一个陌生人在他的地盘东张西望，我想他大多不会开心。我迈开大步朝其中一扇没有门却悬挂着用来驱寒和驱虫的厚厚的棉被般的门帘走去。我轻轻撩开门帘，映入眼帘的是暂时没有人的靠墙的柜台，一只金色的招财猫在向我招手。小房间都被三面沙发占踞着，只留一面作为过道，沙发上有两个人，看年纪比我还要小好几岁。静悄悄地，没有一点声响。

　　"您好，我是来住宿的。"我看不出他们谁是老板。或许他们都是老板，我想着。

　　"老板不在。"女孩头都不抬地说。

　　"打扰一下，请问老板在哪儿？"我望着他们礼貌地问。

　　"他出去了。你等一下，我打个电话。"女孩抬头望了我一样，如同看远处的雕塑。她说话的时候动了动脚趾，衣着就像在自己家里一样，看上去十分休闲且舒适，她穿着牛仔裤与T恤衫，皮肤很干，身材又很瘦，但很有亲和力。

　　在另一个沙发上的男孩没有出声，只是麻木且漠然地斜睨了我一眼，便又低头看手机了。根据他握手机的姿势，可以推断他们刚才正在组队玩游戏，并且外音开得很低，像怕打破这休闲的假期。他理着平头，胡子已经好几天没修剪了，这与他那稚嫩的脸蛋形成的鲜明对比，让他有种小大人的感觉。

女孩挂断了电话。

"他马上就回来了。"女孩对我说。接着，便埋头玩起了手机，一阵微弱却清晰的游戏声音开始在房间里飘荡。

我有些不知所措，看样子，他们不像是游客，倒像是老板的家人。女孩刚挂断电话，老板就出现在了我的面前。这又是一个看上去比我年龄还要小的年轻人，他穿着白色印花T恤和一条花布短裤，一双棕色拖鞋走起路来无声无息。

我们爬到二楼，他大步推开最靠近楼梯的一个房门，进门前还轻轻地敲了两下。我发现这里的走廊颜色都是我喜欢的粉色和蓝色，而且看上去都有些年头了，没有翻新，走廊上的窗户铁质的部分生了锈，从这里正好可以看见刚才路过的那片工地。我们推门进去，外面正刮着风，纱布窗帘被风吹起，一道强烈的光线从白色透明的纱布后面扑过来，阳光就这么被放进来了。

"请问洗手间在哪里？"趁他还未消失，我忙着问。

"出门旁边就是。"他指了一个方向，"楼下一楼楼梯口也有。我们刚刚路过的。"他说完就退了出去，看上去像要赶往别处。马上房间就静下来，只剩下我自己了。

根据他刚才指的方位，我去了一趟洗手间。紧挨着洗手间的是另一个闭着的房门。我朝走廊另一个方向走去，走过了我们这间房往左，是一条狭长且昏暗的走廊，两边的小小房门都紧闭着，像极了此刻的缄默，它们看上去像工地上临时搭建的那种房子，这让我经常想到易拉罐。

我没敢继续沿着这条走廊走下去，因为要是在我踟蹰不前的时候某个门正好开了，那就尴尬了。我胆子小，像麻雀那么小。我折回来，对通往楼上的梯子颇感好奇。

这家旅店的楼梯又小又窄，对步子大的人来说两三步便能上一层楼梯，我刚踩上第一个阶梯，就把脚缩了回来，楼道里静得很像要有人来的样子，最后我决定还是回到刚铺好的柔软的床铺上躺下最为安全。

我掀开被子的一个角，半坐着躺下，因为我还不想让一昼夜的旅途的酸臭味与变质的汗气将新被单变味，单把一条腿折叠盘在床沿。我眯了大概半个小时，没有睡着，但已经大大缓解了眼睛与大脑的疲劳，便起身拉开背包拉链，把里面的毛巾等洗漱用品拿出，并把一套换洗的衣物整理好叠在床脚，往洗手间走去。

卫生间看上去又小又旧，把手是过去用的那类圆球把手，既费力又容易沾满水渍，这让我不禁想起上一个客人转动把手时候的场景。打开门，卫生间里面也同样的又小又旧，与我预想的情形一模一样。

在确定自己终于像个人样之后,我就戴上我的黄帽子跟墨镜出门了。

巷子在暴晒中,从工地上流过来的水只剩下浅浅的水迹,低矮的房檐忍受着午后的孤寂和酷热,毫无怨言。我躲着太阳,在阴影里走。

走出巷口后,我往右拐,看到了一处还算热闹的饮食街,电线柱、变电箱以及单层的靠街商铺,使人倍感亲切。饭店、拉面馆、便利店、水果店以及数量众多的藏族特色服装或工艺制品店互相混杂,令人目不暇接。

行人全老老实实地挨着墙根走,太阳暴晒的地方几乎没有行人。我路过一处用木头支撑起来的颇为豪气的食堂模样的店面时,跟着一位刚走进去的行人朝里望了一眼,里面全是穿着黄色服装的佛教徒,其间也有着装颜色较暗的当地人。

在热浪下我走进了一家面馆。一个扎着头巾的小女孩为我引路,她很客气地端了一碗牛肉汤过来,几段葱花在热气中游荡,她毕恭毕敬地站在一旁,这让我很是窘迫。

"谢谢。"我说。

我拿起桌上的单子,随手一指。

"这个。"

我把帽子取下放在桌子的左上角，因为我想着她待会儿必然要从右边上面条。胸口的墨镜显得沉甸甸的，我心事重重，忽然不明白自己能做些什么。

我坐的位置靠窗，一个年轻的回族小伙戴着小圆帽用工具有力地敲敲打打，更换窗户。

这窗户是木头的，故而敲打声容易令人想起古代木匠。在等面条上桌的短暂时间，我无事可做，只好注意着这个小伙子的一举一动，他年纪比刚才的姑娘大不了几岁，干瘦的脸蛋与强有力的双手显得十分不搭调。

吃完面，我没有立刻回旅店，而是朝着一处旅游景点走去。我想找找我想找的东西。

有时我会故意走慢，就为了偷听与我擦肩而过的人谈论的内容，结果一无所获。我被一些布料店面吸引无法挪开目光，它们鲜艳无比，上面印着藏语或藏族的图案。我想找找有没有与"粗枝大叶"有关的图案。几个身着暗色服装的老人正细声细语地跟店老板说着什么，爱惜地抚摸着手里的布匹。老板是个颇具经验的中年人，他不紧不慢地倾听老者的话语，一只手也轻轻拖住布料垂下的部分，以免它掉到地上。

这里十分现代，有时我也会遇到一些同我一样衣着现代的游客，这时我就会把目光在他们身上多停留一会儿，女孩大都穿着时髦的露脐短上衣与包臀紧身短裙或短裤。

整座城市的建筑都在三层到四层，我可以看见几公里外的藏青色的山脉躲藏在云下。每一层的屋檐下都挂着白色的经幡，二楼的屋檐下每间隔一段距离便插着一面五星红旗。

整个下午我就像一只失去队伍的动物在城里游荡。此刻正是阳光普照，人流稀少。这里相比于别处，有更多鲜花和五星红旗，二楼或三楼均有涂上朱砂颜料的木质花廊，花廊小巧狭长。这不禁让我幻想楼上某扇窗户突然被推开，从里面探出一个美丽的藏族姑娘，笑着对我抛下一束鲜花。

我走进旁边一家看上去装修简单的藏族风味的饮食店，点了一份青稞酸奶吃完。对那些装修豪华或过于个性的店面，我看都不看，绕着走，生怕里面黑暗中的人看见我，我能想象自己在里面手足无措的窘境；相反，店铺装修简单的，反而会得到我的关注。

"请慢用。"漂亮又年轻的店老板礼貌地为我端上面条，还不忘了叮嘱，"可以适当搅拌一下，搅拌后味道更佳。"

"谢谢。"我点头表示感谢。

她走回到柜台跟女伴继续交谈。我不由得朝她们望了一眼，她的衣着较为保守，而她的女伴则身材火辣，单手倚在柜台处托住下巴，认真倾听，一只脚尖抵住地面立住，这个姿势把她的整个身段显露出来。

"你去跟他谈呗。"老板娘率先说。

"不，你去。你们关系好。"女伴回复。

这时一位男子从里屋走出来，她们互相看了一眼，闭了嘴。他很年轻，扎着一根小马尾。一番交谈之后，他又回里屋去了。两个女人笑着说着，不一会儿又来了另一个女人，跟她们打过招呼后便从我身边的楼梯上了二楼。我一直以为楼上不是待客厅。女人走后，室内又重归宁静。偶尔从外面的日光下走进来一对情侣，在空着的位置坐下，我观察到墙上很有艺术色彩的各类相框画。

我发现这里就我一个人是独自一桌的。我终于起身离开了这里。外面人流多起来，但景色并未改变，因为夜幕还没有降下。

等我最后的耐心也都被磨光之后，我便从另一处出口往外走去了。天还未黑，路过大昭寺时，见四周用装修材料围起来，听说已经装修好一段时间了。这个出口来得恰到好处，因为它极容易记，旁边就是一棵巨大的树，枝叶茂盛。

一走出关卡，我就迷路了。到处都是狭长的巷子，地面有的修整过，没有修整的就凹凸不平，店面逐渐稀少，到了后面连一家店铺都没有，全是当地居民的住所。路上我不时地被路旁的民房所吸引，这里的低矮民房和各色的鲜花让我感到许久不曾有的轻松。走着走着，天就黑了。

回旅店后，我收拾完了，便来到院子里。

此刻是八月，院里却凉爽得如深秋。

院子里坐着一个魁梧的男人，他块头很大，看上去很凶，几乎把那整个沙发都给坐满了。

他一直闭目养神，单手靠在沙发上，另一只手自然地放在跷起的二郎腿上，夹着一根抽了一半的香烟。

我没想到他会主动与我交谈，还朝我这边看了好一会儿。

他的眼里无光，却很没神。

我突然害怕他就是我这次旅行要找的那个人。

他一口咬定我之前从未来过拉萨。

他看我的眼神就好像他一直在拉萨等我一样。

"我说过，我看人是不会错的。"他说。

"从未？"

"从未。"

"猜猜我从哪里来？"

"一个让你忧郁的地方，或者说伤心之地。"他抽了一口香烟，仰头吐气，"到这里来的人不是已经失恋就是快要失恋。"

"我们都有些烦恼，这不难猜。"

他对面的客房正亮着灯,厨房旁边有一道狭窄的楼梯通往二楼,我猜测从这里上去就是我望而却步的那道昏暗的走廊。我的对面是露天阳台,如同家乡农村用来晒农作物的那类房顶。它三面被客房包围,只留下这一面和我打着照面,后来我发现它就在我房间窗户的位置,从我的床铺就可以跳出去,这不免让我有些担心晚上。当然了,当我跳出去后发现,能这样跳到阳台上的不止我一个,其他的窗户也都可以这样跳过去。此刻,夜幕下正飘荡着几件晾着的衣服。

"你似乎对这里很熟悉。"我说。

"当然。我是这里最早的客人之一。"他的烟还有最后一小截,就像小学生舍不得丢的铅笔,"以前这里不是这样的。这边房间还没盖,我们头顶的这片挡雨玻璃也没有,一到下雨,这里就全湿了。"

"我一年至少来两次。"他补充说。

"这些植物呢?"我用大拇指指了指墙角。各类仙人掌以及耐旱喜阳的高原花堆在客厅的各处墙角,这些在别处很少见。

"它们倒一直在这里,比我还久。这棵,"他回过头朝那株杜鹃点点头,说,"少说比我年纪还大,都是我的老朋友了。这家旅馆也是老朋友。"他还是淡淡地看着它们。我都怀疑他说话都是同样的调子,对人对事都一个态度,至少我没发现他看它们与看我有丝毫区别。

"我看你应该很重感情。"我违心微笑地望着他。

"并不。"他说,"我只是喜欢怀旧。"

我起身去洗了个手,端详了一会儿这些高原的花:"这花跟花长得都一样。"

"不一样。你看到的是格桑花与张大人。"

我回到原处坐下:"张大人?谁?"

他抽完最后一口烟,把火星子的热气吸光,烟蒂在他手上无助地走向熄灭。

"你指人还是花?"

一道雷电无声地闪耀在苍穹,没有雷声,刮着潮湿的寒风。我抚弄了一下手臂及小腿,困意不减反增。我伸了伸懒腰,十分惬意,丝毫没去考虑转天去布达拉宫的行程。到了那里自然就能进去的,我想,就如船到桥头自然直。几个女孩子边走边笑,大声叫喊着跨进门,轰隆隆涌进来,着实造成了不小的轰动。不一会儿,对面楼上靠近洗手间的那间房亮起了灯,她们追着跳着仍旧在打闹,甚至跳上床,不知是有意还是无意,她们忘了把落地窗上悬挂的粉色窗帘拉好。

我只往那边瞟了一眼就又回到了这边。

"张大人是花?"我不礼貌地笑着问。

"是花。人们都这么叫。"

"匪夷所思。"

"这花是外来的，不是本地的。"他娓娓道来，"清末驻藏大臣张荫堂带到西藏一些花的种子，其中就有这种花。这花呢本来也不是本地的，它叫波斯菊，可这波斯菊其实也不是波斯本地的，它又是从墨西哥横渡太平洋过去的。总之，这些种子就这么到了西藏，结果只有这花能够生存下来，后来这花就出了名，家家户户都种。那时不叫波斯菊，因为没人会说汉语，但都知道是张大人带来的，便叫它'张大人'，就这样流传了下来。"

"人们只记得左宗棠。"我回忆着课本中的段落说。

"可不。一个官方，一个民间。"

对历史我实在提不起兴趣，便问他：

"你来是为了旅行还是工作？"

"你猜。"他阴沉着脸望我，露出很浅的笑容，但却是一种友善的阴沉，颇有点蒙娜丽莎的风格。

我微笑以对，没有屈服于他的挑衅。我心想着，这人自称看人异常准确却如此故意避直求曲，那一定是看不起对手，认定了我无法猜到，即使看上去似乎很简单，无论怎么回答也总有二分之一的胜算。但他一定会猜到我能猜到另一半。故而我一点儿也不着急,笑着说:"我不猜。你太聪明了,我这人比较愚笨。"

这不加修饰的拙劣的奉承丝毫也未让他动容,我想他不再把我当作伙伴,而是把我当成一个倾听者。他挪动庞大的上身,往前倾,终于把食指与中指间的烟蒂按在了粗笨的玻璃烟灰缸里,铅色的烟灰瞬间被击碎,在外部留下一轮黑圈,烟蒂被按得弯曲成褶皱,如同一段插在泥土里的废弃钢材。

"我是来工作的。确切地说,我是来找工作的。"他仍旧用手抓住沙发的一边,只是这回他将二郎腿放下了并且八字岔开,这样躺着更舒服,也更方便看人。

"一年来两次?"我说,"就跟候鸟一样?"

"因为工作性质的原因,我没法在一个地方待太久,也就几个月。这边完了去那边,那边完了,再回到这里。"

"什么性质?"

他慢慢道来:"性质复杂,什么都干。销售员、建筑工人、泥瓦匠……有什么干什么。只要是社会需要的,我都能干。建筑工人是我们最喜欢的职业之一,不仅自由,工程完工后还有相当长一段休息时间。不过缺点就是没有工地时,我们就失业了,彻底失业的那种。这两年工程少,不像以前了,你看我在这里待了多久了?"他顿了顿望着我,"半个多月了,没什么消息,也没人,我们一群人多半过着这样的生活,我们是一起来的,有从祁连山、可可西里那边,也有从新疆哈密那边直接过来的。北疆已经进入棉花采摘期了,南疆还早,得等到九月。我想他们是错过了北疆的采摘期,而南疆的采摘期又还有一段时间,就来这碰运气了。"

"你的伙伴们呢?"

"有几个找到工作,另外几个还在这里。他们出去了,待会儿回来。"

"他们在这里能找到什么工作?"

"各种各样,比如在酒吧、建筑工地打工。不过你看到的,这里没有高楼。说到酒吧,我还驻唱过呢,不过那已经是很多年前的事了。当然了,在这里当搬运工人也是很好的出路。"

"你怎么不出去?"我好奇的问道,尤其他这副世外高人的模样。

"我在找。"他悠然地望着我。

我强忍着笑,捡起桌上的葡萄吃起来,从而缓解他的幽默带来的笑容。

"你不信?"他望着我。

"信。"我还是没忍住,轻声笑着说,"你为什么不去摘棉花?既然新疆这么多棉花,总得有人摘哇,这么多,我觉得一下子肯定也摘不完，肯定缺人。"

"我去过。真的很难受。"他解释说，"要是去干建筑工，你只需要忍受暴晒的太阳、蚊虫的叮咬，还有一些建筑的灰尘等。但你要是去摘棉花，你就得想清楚了，从早到晚，太阳出来你出来，太阳下山你下山，不用出很大的力气，不用爬高楼，看着挺好，但棉花壳的碎渣及各种不知哪里来的瘙痒会让你掉层皮。自然了，你去了就得干满了，要不人家还得重新招人。想想，每天都痒得睡不着。这还是天气晴朗的时候，还算幸运。要是碰上雨天，当然了，这几乎很难碰到，但万一碰上了，你就得提前下手，要不棉花就都在烂地里了。"

"向工人致敬。"

"一看你就不是工人。"他斜着望了我一眼，"读书人吧？"

"我也想干工人来着。"我赔着笑。

"少来。"他又把视线放回了远处，盯着前方，"我还想当读书人来着。"

"这你又是从哪里看出来的？"

他抬抬自己的手说："一看就没干过重活儿。"

"你又是为了什么而来？"他问。

"找东西。"我试图让他明白我说的话，"类似于'粗枝大叶'的东西。你见多识广，兴许见过。"经过这几天的旅程，我已逐渐发觉它可能并不特指某一个事物。

他摊摊手："没听说过。"

楼上笑声朗朗，如阵阵海浪扑过来。他丝毫不为所动。我想他是不方便动。因为他得把头旋转超过九十度才能看到我看见的那个地方。我抬头很轻松地就看见那个房间的女孩们穿得很少窜来窜去，肌肤如雪，她们都留着长发。由于跑动，长发在她们身后快活地舞动着。这场景有些诱人，我只看了一眼便不再往那边望了，故意将视线降低。

不知怎的，我蓦地对他很感兴趣。他说话的语气和神态很招人喜欢，"观貌知人"在他这里算是碰了一鼻子灰，因为他完全不符合他外在的人设。我不仅对他淡淡的语气产生兴趣，还对他的过往也有了好奇。此外我发现，不知从何时开始他的脸上出现了难得一见的微笑，并时刻保持着，一如刚才保持着的冷漠和傲然。

"我猜你看着挺凶，实际是很温和的一个人。"

"你这话我喜欢。"他微笑着。

"你辗转过很多地方，经历一定非常丰富。看样子，也一定经历了很多磨难。嗯，没错，磨难。没被磨难击倒的人都是有着坚定信仰的人。你的信仰又是什么？磨难一多，故事就多。你的故事又是什么？"

"一般。"他沉默寡言。

"我们来谈谈梦想吧？"

"梦想？"他沉思着。

"过去也行。"

他沉思了许久，我几乎以为他不愿意谈及这个话题而闭口不言。但他还是说了："梦想的话，没啥可说的。我十六岁就辍学跟着一个叔叔出门奔波了。关于梦想，我不觉得有什么可说的。而且，既然是梦想的话，我想，也就不用去说了。因为说了也白说。过去的话，你是指过去的故事？那可就多了。故事我还是有的。"他摸摸下巴的胡茬儿，像是能摸到一些故事，陷入沉思。

"说说看。"

"要说故事还得从拾棉花说起。"他用混着西北三地的口音诉说着，缓慢又凝重，"我十六岁那年辍学，家里不允许我好吃懒做，将我塞进了一个据说有血缘关系的叔叔的车里，满满一车的人，看上去都很贫穷。很早以前我就听父辈们说过去新疆摘棉花，因为那时候，对比其他许多工作，这份差事算得上一份不错的工作。印象很深刻的是这段路程尤其远，不知是不是因为当时年纪小，反正，换了好几班车，又是绿皮火车又是破旧的班车又是三轮车、马车、牛车，当时我们都坐了个遍，一路吐的人不少。不过我没吐。"

他接着说："但最艰难的事情还在后头。你应该没干过农活儿吧？"

"那还是干过的，寒暑假的时候。"

"你会发现开花与结果是相对的。开花容易，摘果实那就得吃苦头。一垄垄白花花的棉桃就像爆裂的雪球低低地挂着，那边的棉花长得很矮，还不到膝盖。我们都很勤劳。那是一段很幸福的日子。可这种生活马上也要结束了，许多人已经退出了这行。"

"怎么说？"

"机械化了。不需要人了。"

"这是趋势吧，就如候鸟南飞。"我犯着糊涂说。

他笑笑不说话。我看不出他是笑着还是没笑。这时楼道上传来脚步声，他坐着没动，我转头看见一男一女从我侧面的楼梯口扶着铁栏杆慢慢下来。男的背着一条白色细带牛皮包，容量很小，比一部智能手机大不了多少，女的走在他前头，侧身缓缓将白裙子放下，小腿脚踝上纹着一颗樱桃。他们走后，他突然望着问我："你猜他们在这儿住了多久？"

我琢磨着，他们生疏的动作与新颖的服装应该是初来乍到之人才有的特点："怎么着也就两三天吧。"

他竖了个"四"的手势，说："十四天了。"他终于挪了挪下半身，把粗壮的大腿从另一条腿上放下来，"十四天，他们从不出门。今天倒挺意外。"

我挖苦着："也可能出门了，没被你瞧见。"

他做了个无所谓的表情，不争辩，又狡猾地笑着说："别装了。你以为，两个人住在这种地方十四天是为了什么？"他环顾一眼四周。

"这我当然知道，"我对他摊开双手，耸耸肩，"不过你不觉得十四天会不会不符合常理？"

"那种事情没有什么常理可言。你看看大街上的男女就知道。"

这时门口进来一个身材高大的男人，年龄三十岁以下，留着精干的短寸头，木头脸，花布短裤加一件白色T恤衫，线条分明的手臂肌肉让人立马就想到衣服下的几块腹肌。他朝我们这边笑着，大声打了声招呼"你没出门呀"，便扭头大步掀开门帘朝楼上走去。

我旁边的这位朋友跟随声音扭了一下头，只看见一个背影。

"认识？"我问他。

"一个朋友。"他淡淡地说。

不到一会儿工夫，他的这位朋友就下来了，手里拿着几瓶啤酒。

　　这位新来的朋友十分热情地喊着,在我对面的沙发上落座,顺手把啤酒放在玻璃桌上。

　　他冷冷地用缓慢且冗长的尾音回应。

　　与他们交谈完,我便进屋计划接下来的行程。

　　"不能往后挪一挪？"老板说,目前他找不到可以带人的车队。

　　"就得明天。"我坚持说。

　　他放下脚,点着头,拿起柜台上的手机玩了好一会儿,看上去像在帮我找信息:"我帮你问问。但你最好不要抱任何希望。临时找车,几乎是找不到的。本来是有车的,但师傅带着一拨人已经出发了。"

　　"谢谢。"

　　"挺奇怪,为什么偏得明天？晚一点儿不行？"

　　"我假期不够。"我撒谎道,虽然这也是其中缘由之一。

　　"行吧。等我消息,待会儿再跟你说。"他说着,便又抬脚出门了。

　　我上楼冲了个澡,把当天换下的衣物洗了,翻过窗户将昨天的衣物收好后,将它们统一晾在中间的那个铁架子上。这里空气极好,阳光充足,一晚上的工夫就能把衣服晾干。我没敢多待，因为左右两边房间的厚窗帘都罩在有些发黄的灯光里，左边是那群热闹女孩的房间，右边就是那对出去又回来了的情侣住处。

我踏上窗台，跳进房间，在床上躺下，等待消息。我旁边的这张空床上也来人了，因此我需要轻手轻脚。他侧身朝里面睡着，我看不清他的脸，看上去也就二十多岁。我发现这里都是年轻人。另外那张靠门的床上的客人也回来了，他在我之后洗完了澡。最先在这房间里住下的人也起了床，他看上去也十分年轻，此时正拨弄着一把崭新的吉他，看样子是新买的。约莫过了个把小时，我才重新下楼。老板已经在下面等我了。

他迎上来对我很客气地说："很抱歉，我帮你打听了。没有去阿里的车。最早的也要下周二才出发。"

"太晚了，不行。"我淡淡地说着，心里却有些不痛快了。不过我也看出这样争论下去毫无益处，只好说："最迟后天。明天我去布达拉宫。"

回到略微昏暗的房间，我许久都没睡着。由于怕影响别人睡觉，他们只开了一侧的灯，故而房间显得十分昏暗。提着吉他的人已经出门了，其余的人都躺在床上看手机，简单交流之后我才知道，他们待会儿也是要出去上夜班的。我没有继续问他们上的什么夜班。

我昏沉沉地进入梦乡，几次辗转反侧，渐觉身子开始发软，头却一直如钢板一样紧绷着无法松懈，翻身也得小心，这种四脚床的工艺十分简单却极不稳固，不知是缺了几颗螺丝还是怎么，一扭动屁股它就会跟着咯吱咯吱响个不停。睡梦中，不时传来隔壁那几个女孩的大呼小叫。

"真能折腾！"我旁边的这位老兄气呼呼地嗔怪了一句，又蒙头大睡。

黑暗中，我听见门一声轻响，他们已经出门上夜班去了。

"不要反锁门！"他们交代我。

我哼了一声没有回答。说实话，我懒得动弹。不久又听见有人爬窗户跳地的声响，估计在晾衣服。我蒙眬中抬头往后望，隔着白色纱窗，我看见一个女人的身影时隐时现，一会儿弯腰一会儿又站立，还有塑料盆磕碰地面的声响，不久又是一阵爬窗跳地的声音以及关窗户的动静，接着，夜便静了。我躺回柔软的床，感到有些凉，便又起身拉了拉窗帘，但还留着一条缝，我想，小偷不见得敢进毫无防备的窗户。半夜，已在梦中的我听见从房间的角落传来窸窸窣窣的声音，我半睁着眼，淡黄色的灯光下一个人影正在更换衣服，是那个夜晚去酒吧驻唱回来的小伙子。我翻了个身背对着光，后来我听见门开了又关上，洗手间传来一些微弱却依稀可辨的淋浴的声响，门再次被推开又关上，黑暗中传来床铺咯吱的响声，安静紧随其后，片刻吞没了夜。

早上我搭上一辆出租车。

开车的是个女师傅，年纪三十至四十之间。她开得又稳又快。车子奔驰在干净的沥青路上，这座西部之城像是还未睡醒，路上没什么人。洒水车播放着歌谣慢吞吞在街上游走，洁白的路面一下子变得湿乎乎的。偶尔有几个穿着民族服装的妇女在街上边走边拦车。其中一段路程我有些记忆，正是我昨日走过的一条阳台上吊满各色鲜花的街道。在一处红绿灯路口，身后一辆帅气的黑色交警摩托车追上了我们，停在我们旁边，骑手是一位女交警，绿灯一亮，机车嗖一下冲了出去。远处的布达拉宫正矗立在山上沐浴着上午的艳阳，金光闪闪。

白宫如纯洁丝带紧紧地裹住红宫，密密麻麻的墙体呈之字形层层叠开，墙上开着许多窗户。由于海拔高加之台阶陡峻，走上几步就得扶住腰稍微站一站脚，无人跑动，这里的一切都显得缓慢而有序。四下规划得非常整齐，远处群山紧紧环绕，一丝丝乳白色的云浮动在山谷间。墙上都刷着厚厚的乳白色涂料，由于墙面的凹凸不平而显得浓郁欲滴。

我从未想过布达拉宫是建在一座山上，而且还是如此陡峭的山，你往下瞧，它并非简单地盘踞，而是与这座圣山融为一体。我没进红宫，只在入口处端详了一下威严的大堂便退了出来。

路上经常听见游客在讨论着仓央嘉措。这位大诗人一直活在拉萨街头。

我在山脚结识了一个女孩。她长得还挺漂亮，是那种世人眼中无法挑剔的漂亮，大眼睛长头发，皮肤又白又亮，墨镜别在领口，将原本就是低领口的T恤衫拉得更低。

正值午后，她没去过八廓街，我也想吃点东西，她便跟着我去了我昨天到过的地方。她长得落落大方，引来不少路人的目光。

"你不怕我是坏人？"我没话找话说。

"看着不像。"

她在寻找一家美食店。

"那边。"一家面料老板指着说。

我们又回到了最初的地方。后来我们才发现，兜兜转转好几遍我们都路过了这家店，它在中央大街的拐角，琳琅满目的商品与多语种的招牌让我们失去了分辨力，它又正好处于弧形拐角处，我们便屡次与其擦肩而过了。

入口狭窄，黑黢黢的，楼梯口更窄，仅容一人侧身攀爬而上，栏杆全是木质的，满是虫孔并因经常被人扶靠而磨得黑亮，楼梯踏上去微微颤动，好在有彩色的丝带缠着栏杆，才稍微让人放心。楼道静悄悄的，如夜。

上到二楼，顿时人声嘈杂，店员前后跑动着招呼客人。服务员忙前忙后。座无虚席，却无人高声喧哗，可以听见人人都压低了嗓音轻轻交谈，不愿在公共场合出丑，空气里弥漫着一股混杂了奶茶香油的酥香味。我们被一个有礼貌的胸前挂有工作牌的年轻小伙带到最后一个靠窗的空位。这是一座半月形的茶馆，供应茶兼有西藏当地小吃。

与楼下的狭窄过道相反，这里无灯，却光照充足，少许靠窗的游客七手八脚地将竹制的纱帘放下一半，才避免了被阳光直射。餐桌是用厚重的原木制成的长形条木，刷着浓厚的朱漆，四角岔开，给人以笨重感。靠窗一侧用现代沙发铺就而成。她走过餐桌，绕道背窗而坐，落落大方，我一厢情愿地以为她故意将窗外耀眼的景色留给我，结果落座后却发现，对窗而坐的位置处于光的下侧，我差不多要看不清她的脸了，只模糊感到一个大致的轮廓。

"我们要不要换下位置？"我微笑着主动出击。

"不用，"她也微笑道，"这里挺好。"

"我这里比较好欣赏风景。"我说。

她犹豫片刻，还是落落大方地礼貌拒绝："不用，我这样也能看到。"说着还将头往旁边瞧了瞧。她此刻不能扭头往身后望，因为她什么也不能看到，除非把整个上半身转过去。

我摊摊手，不再坚持。

年轻的店员小哥手捧厚重的牛皮包装的产品单询问我们吃点什么，她接过去，低头认真比对着，不时露出沉思回忆的表情，我猜她是在思考这些精品的图片与之前做过的攻略是否有出入，她最后指指这个、点点那个，念出了一堆我从未听过的名字，微笑着递给小哥。小哥微笑着离开了我们，转眼又为我们免费送了一壶茶。

我们从厚重的茶壶嘴里倒出咖啡色的酥油茶，一股股淡淡的香气散发，一连喝了好几小碗。香而不腻，混杂了茶叶的清香。一时无话可说。我问她什么时候来的拉萨，她说刚到。我又问她有什么计划，她说已经约好几个朋友明天自驾游去一些景点。我发现她说的这些地方与青旅小黑板上书写的几乎无二，只是价格更划算，他们有四个人平摊费用。接着又沉默了。我发现她喜欢笑，喜欢看手机，就是不喜欢交谈。

食物陆续被端了上来。有拿篮子装的，也有用瓷盘子装的，更有直接用塑料盘子盛着的。这些食物中除了青稞饼，其余的都不太合外地人的胃口，那类糌粑加酸奶我吃不惯，吃了两个就不再吃了。

外面阳光充足，洒在身上很舒服。用完餐的食客仍各自坐在座位上，不想离开。这里有不少彩色玻璃，经过阳光折射，反而没那么刺眼了。布达拉宫在屋檐的一个角落静静地杵着，我随着店员小哥的身影随意穿梭在狭窄的空间里,座无虚席中，我见到两个年轻人正起身准备离开，他们的脸让我一下从座位上跳起来，走上前去。

"等等！"我差不多喝住了他们。

他们转身望见我，表情惊讶。

"是你呀！真巧。"男的朝我伸出手说。女的默默站在一旁，一位地地道道的淑女。

然而我却没有客气地去回应。我看看他，又看看他旁边的女的，他是熟悉的，她却陌生。我突然想起了一件重要的事，在裤兜里四下翻找倒腾，一无所获。我丢了我的那位朋友写给我的联系方式，一时尴尬。我一脸窘迫，没话找话："你们突然不辞而别，叫人很意外。他还指望着你们回去呢。"我说的是我的朋友。

他一脸不屑，但仍微笑。他先对自己的女伴说了句什么悄悄话，她听后顺从地跟着店员小哥走开了。

见她走开，我问："她是谁？"

"一个朋友。"

他又往我身后望去，脸上浮着轻浮的笑："她是谁？"

"这不重要。"我回头瞧了瞧，在混杂的游客中，她显得格外美丽。

"好啦！没事我先走了。她还等着呢。"他转身要走。

"等等。她呢？"我想拉住他。

"谁？"他回过头，但并未停下脚步，马上就要到楼梯口了。

"跟你一起走的那女孩？她男朋友还在打听她的下落。"

"他为什么不自己联系？"

"她将他拉黑了。"

他摊开手："那就没办法了。"

"那我该怎么跟他说？"

他已经下楼了，我走到楼梯口看见他隐身在黑暗里，他在下面喊着："爱咋说就咋说，别藏着掖着。哦，对了，你可以这么跟他说，我跟她半点事都没有。对，就这么着。要是这样他能好过点儿的话。对了，听说你在找'粗枝大叶'？别傻了。我也在找。可我找了好久，都没找到。"

"你听谁说的？"我十分惊讶他竟知道我的秘密。

"你猜。"他的声音消失在黑暗中。

太阳仍旧粗暴，我们再待下去似乎很不礼貌了，有几个客人上来都没位置坐，干站着。她坐在里面不太好起身，我接过她递过来的大衣，径直往收银台走去。

结完账，我们又在街上闲逛了一会儿。分别时，我试探地问："明天再约？"

"明天不行，我有事。"她回绝了邀请。

"那后天？"

她别有深意地看了我一眼："不是所有的开始都是为了延续。"

这算是我们分别的最后对话。

我回到住处翻箱倒柜，也未能如愿找到那张纸条。

出乎意料，我在外头晾着的裤兜里拿到了被揉皱了的纸条，居然还能依稀辨认出来电话号码。

"喂，是我。"我焦急地在屋子里转圈。

"你是？"电话那头响起朋友沙哑的嗓音，像抽多了烟。

"是我。"我说。

"噢，你呀。怎么了，大白天的给我打电话，活见鬼了。"他慢吞吞地吐字，活像正在走上坡路的拖拉机。

我开门见山："我见着他了。"

"你是说，你见着我女朋友了？"电话里他略微迟钝。他以为我见到的是他女朋友。电话里传来一阵穿衣服的沙沙声。

我感觉他刚睡醒起床。

"不。是那个男人。"

"就他一个？"

"对，旁边还带着一个女人，我不认识的女人。"我很果断。

这无疑是个坏消息。因为由此可见，他的女朋友离开他并非遇见了真爱。她可能为了一个不那么重要的人就放弃了他。

"你有没有跟他说过我的事？"我问。

"你的什么事？"他要挂电话了。

"类似我在找什么东西的事。"

"没有。"

说着啪的一声挂断了电话。我还想说点什么，比如安慰或者把撞见地址之类的告诉他，但他的方式让我猝不及防。

晚饭时间，我在院子里碰见旅店老板。他说他正要找我，我很幸运，眼下一个车队正好有空位可以留给我。只是这个线索是隔壁旅店提供的，我得去交涉一番。

不过百步，我们来到巷子里的另一处旅店。这家店看上去十分古老，气派且庄严。店主是个看不出年龄的年轻女人，体胖，寡言。她走路悄无声息。

"他来了。我把他带来了。"老板说。

"谁？"

"这就是刚才提到的那位客人。"

她放下手机开始盯着我："明早七点有一趟。"

我打听出发的地点。

"目前还不知道。"她直言相告。

"为什么不知道？"

"因为那边还没有来消息。要等那边有消息了，我才能告诉你在什么地点见面以及具体的见面时间。"

"那边？这车不是你们的？"

"不是。"

我心里七上八下。我不仅被告知车不是旅店的，还被告知地点、时间等信息目前无可奉告，虽然明早我们就要出发了。等待是件十分考验人的事情。我思考着眼下我还能为即将开始的旅行准备些什么。我想我除了那点行李，没有其他可准备的。我是来找东西的，不能再多浪费时间。

关于高反，她起身冷冷地说："死不了。"

【7】

女孩从沙发上坐起来打听我旅行安排的情况。她个子不高,但腿又细又长。

"差不多了。"我朝她说,却没看她。我觉得她的短裤太短了,一般穿成这样,我就不好意思再盯着人家看了。

老板拿着一个装了氧气罐的麻袋回来了。我付了钱,又跑去药店买了五瓶氧气。我想我总能用到它们,虽然我现在还不知道该怎么用。在与女孩交谈的过程中,我得知我还要备一件厚厚的棉袄,最好是绿色的军大衣。

"稍等,交给我。"老板胸有成竹。

我静静等候着。既等待军大衣,也等待车子来接我的具体地点。

老板拿了一件军大衣回来。看上去这件军大衣已经辗转过许多位主人了。

"地点。"我提醒老板这最重要的事。

老板很尴尬地笑笑,又出去了。

我掀开门帘走到外头,院子里已经没人了。

我在沙发上坐了一会儿,看看院子角落里的植物,又望望楼上亮着灯的房间。这里的人来来去去都无声无息,我几乎没见着几个人,除了最初我见到的那几个人,其他人都是只听声音不见人影,最热闹的,除了楼上我隔壁这间看似宽阔的女孩们的房间就再无其他了。这个房间看上去实在时髦,还带着阳台呢。阳台上的格桑花簇拥在一起,挺着脖子看夜色。

我倒在床上怎么也睡不着,凉风从敞开的窗户口吹进来。

翌日。整个旅店空无一人,静静的大厅,我站在外头深呼吸了一大口气,信心满满开始这趟旅行。

我到达了预定地点。车里已经坐了几个人。都是年轻人,二十多岁,且都是女孩。

我没看见司机。

车厢格外安静,如乡村宁静的早晨。然而我总觉得有一个长发的女孩我见过。

我猫腰走到中间单独坐的女孩旁边坐下,一只手搭在背包上,以免它倒下来。坐在前排的一个长发女孩回头莞尔一笑,像看透什么又赶紧坐正。我很惊讶,半响没有出声。她便是那个在青海湖捉弄我的女孩子。我再看旁边的女孩,突然发觉她也有些面熟。没错,她俩是闺密。我旁边的女孩漂亮极了,头发正好披到肩上,清爽且冷艳。她顶着一件黄色的粗毛线编制的小熊帽,小熊帽既遮阳又保暖,两只耳朵竖着,从后面看凸显出一种莫名其妙的滑稽。

"你好。"长发女孩回头对我温柔地说,莞尔一笑。

我没有看她:"不太好。"她捉弄我的画面仍历历在目。

"看,你又输了吧。"她对我旁边的女孩说。

"待会儿请你喝汽水。"

"正式认识一下,我叫苏玥。"她仍眯着眼笑。

"马小日。"我冷淡地回答。

"她叫林汐。"

我旁边叫林汐的女孩朝我点了点头。我机械地回了个礼,说道:"幸会。"

林汐看着很文静,少言寡语。苏玥却更俊美,瓜子脸,双眼皮,齐肩的黑发如沐浴过般清爽而静谧,嘴唇涂抹了粉红色的唇釉,却又一点儿也不显做作与老气。我觉得很多小姑娘涂抹这种粉色的唇釉都会显得老气。

"你们又在打什么赌?"我想起她们之前就赌过一次。

"我们打赌你会坐在林汐旁边。"

"毫无把握的概率打赌?"

"可我赌赢了。"

"这代表不了什么。一共也没几个空位了。"

"不,根据心理学,你的第一感觉是喜欢她的。"

这话我没法接。我想辩驳，却找不到依据。林汐的脸唰地红了："苏玥，你不要瞎说。"

我岔开话题："那上次在湖边，你们又在赌什么？"

"不告诉你。等时机成熟了，你自然会知道。"苏玥坏笑道。

我摊开手，表示不再追问。

她指指我身后："你可以把行李丢在后头。"

"从这儿？"我指着后座的背靠与车顶的空当。

"丢吧！反正都挺乱的。"

我爬到后座，往里瞧，果然，一些乱七八糟的行李拥挤不堪，没有多余的空间挪地方，将背包随手一放，它沿着这堆行李滚到一边，我又将麻袋提起，不管我再怎么轻手，它还是噼里啪啦在尾箱响了一通。

"这是什么？你带的？"她问。

"氧气。"

"准备得够充分呀。"她用赞赏的目光看着我。

"我什么都没带。想都没想。"她露出忧色，"怎么办，林汐，我们没有氧气，到时死了怎么办？"

林汐捂嘴笑着说："你死不了。"

差不多是我们的斜对面，视线很好，但那里有几棵树挡住了一个巷子的入口。我们都默不作声地盯着那个方向。不久，便看见司机推着一个行李，身后跟着两个俊俏的女子，他们等在路边向后观看过往车辆，抓住时机往这边走来。

司机是一个中年男人，这样的距离只能看见他很强壮，与电影中的情节不同，他没有戴西部牛仔帽，相反，衣着松松垮垮，宽松的裤子与发福的大圆肚倒给人自由散漫的感觉。马上，他就带着两个新旅客过来了。尾箱被拉开，他们放好行李。

车子开始稳稳当当地行驶在拉萨清晨的街道。云层较厚，阳光只轻微地泻落在布达拉的金顶，发出丝丝微光。

我们马上就接到了下一个伙伴，样子像三十岁，说话又像二十岁，我们猜这是因为他不洗澡、不洗头的缘故。他的胡茬又短又硬，像一根根扎进肉里的针刺。头发油得锃亮，身材很高。蓝色的校服装使他看起来有些神经兮兮。他单手想掰开车门，却没想到车门岿然不动，他竟也一点儿不尴尬，退后一步开始审视，双手并用，车门"呲——呲"地被推开，他跳上车，往车里瞧了一眼，就退出去，坐到副驾驶的位置上去了。

他扭着脖子往后瞧，看见我时，一动不动，他眼里没有光，是那种严肃的神色。他突然就又把身子坐正，仿佛对刚看到的东西一点儿没兴趣。这位新伙伴一言不发，一点笑容没有。

"要系安全带吗？"他突然冷冷地问师傅。

"系上吧。"师傅回答他。

车子开始飞奔出拉萨市，向西驶去。

我们的西藏之旅正式开启。师傅最初还想给我们讲讲故事，不过他看着也倒是像有故事的人。

"活到这么大岁数。"他说，"没有故事怎么活呢。"

师傅到最后也没能讲完故事，因为他刚一说了个开头，苏玥就打断了他，说他刚一开口她就猜到了结尾。林汐在一旁，只是笑笑，像是见怪不怪。

【8】

车子驶离市区时,我望见拉萨河的水浑浊,看样子上游正处于雨季。跟平时耳闻不同,西藏虽然属于半干旱地区,但其实并不缺水,只是水源分布不均造成了无水可用的现象。此外我们在沿途见到了太多冰川融化形成的河流稀拉拉地奔腾着翻着白色的水花。有时会瞧见一些牛群或羊群稀松地低头啃食浅绿色的青草,数量不多,几只到几十只,难得一见大片成群的牲畜。

路上见不到太多可供拍照的景致,十分荒凉,既无青海的绿意,也无喜马拉雅山脉沿途的冰川。没过多久,车子就进了山区,天气十分不好,阴沉沉,云层厚重。大家纷纷担心这样的天气我们能否见到网上看见的那些漂亮图片,尤其是就坐在我旁边的林汐。

车子拐上正路,走出不多久便上了一段盘山公路,原本我们以为这只是短暂的上坡,但它越爬越高,俯身望去,山脚下稀落的村庄在往下坠。

青草与牛羊群逐渐退出了我们的视线,沙砾与秃山再次回归,环山公路绕得大家都很不愉快,一会全都倒向那边,一会又都被扫到这头，如超市被人挑剩下的水果，尤其我们还搞不懂这是被迫晕车还是已遇高反。我觉着这段山路应该是比一百零八弯还要多上不少的弯，总之，当我们到达下一个目的地时，整个队伍的人都不好了，头开始胀痛，师傅说从这里开始就渐渐会出现高反了，除了最为兴奋的苏玥，她一下车便拉上林汐兴奋地小跑着朝山头进发，完全将师傅的嘱咐抛之脑后。她曾问过师傅应对高反的诀窍，师傅就告诉她们"不要跑、不要跳、不要太激动"。

"师傅，我们在这儿停多久？"她边跑边喊。

"半小时到四十分钟。"师傅朝她喊。

我与另一个男人留在最后，谈不上对这处景致有什么兴趣。我们边走边聊。虽然这是没有办法的事，毕竟整个队伍只有我们两个男性。

天空阴得像要来场暴风雨，这是一处山口，类似骆驼中间的"谷"，狂风刮得众人必须抓紧自己的帽子才能放心前进，不少人猫着腰，被狂风急遽追赶的雾气一阵甚过一阵地拍打人们的脸部及其他裸露部位，下山之人中不乏抱着双臂缓慢挪步的人，犹如刚受到惊吓，唯有有经验的中年人穿着厚厚的棉袄踱着处变不惊的步伐，脸上带着不道德的笑。几对年轻情侣被冻得嘴唇发紫，各自抱着胸口发抖。

"您是哪里人？"我问他。

"你猜。"他一如既往地尬聊。

我不大理睬他，微笑说："中国人。"

"我还火星人呢。"

他说着，防着风点起一根黄嘴的烟。

"来一根？"他吧嗒着嘴里的烟，将烟盒递给我。

"不了，"我推手，"不抽。"

山口立着一块牌子，确切地说是一块巨大的岩石，上面写着"那根拉"几个大字以及它的海拔，女孩们都挤在那儿拍照。我们走过去一瞧，是仓央嘉措的诗。苏玥正在声情并茂地大声朗读，我们经过时不小心听到了几句"那一年、那一年"什么的。看似不远处的山顶是石林，在云雾里时隐时现，露出石尖，给人一种身处仙境的错觉，直到下车走出了许久我们才爬到半山腰，这时我们才意识到，它实际上很远。

"就这地儿？"他抖着腿边走边朝四周看，嶙峋的岩石陡峭得见不到半株草，十分不满，"花几千块钱就来瞧这堆石头？我家后山也有这样的石头。你觉着呢？"

"我无所谓。反正这辈子也就来这么一次吧。"我微笑着。

"那不行！怎么能无所谓呢。我们要反抗。"

"反抗什么？"

"反抗不合理的事物。"

"那别人说看不惯你,你能反抗吗?"

"怎么不能?自我接纳也是一种信念。怎么,你——看不惯我?"他突然掉转口风,严肃地盯着我。他眼眶内凹,眉毛粗黑,黑眼圈十分严重,我都怀疑他是不是患有某种失眠症,每日夜不能寐才使他看上去神经兮兮。

我十分客气:"没这回事。"

只是为了减少口舌之争。我并未忘记我此行的目的。而旅途的艰辛与风景的单一也让我的目的渐渐达到。昔日伤口正在青藏高原的土地上慢慢愈合。

越往上走人越多。远处山脚下碧蓝的湖水如静谧的酒酿般盛放,纳木错静静地躺在那儿,供游客饱览它的美丽,挂在空中的经幡被吹得飒飒作响,玛尼堆上的经幡则如水中的波浪翻滚着黄白的绸缎。苏玥正在给林汐拍照,她让林汐用手轻轻扯住一条经幡,但风力太大,好几次经幡都从她手上滑落。

时间一到,我们便上车接着赶路。

车子越过山口,并未往我们想的那个方向继续绕着山口走,而是绕完很长一段路后又回转方向,一路下坡直走到了湖边。师傅减慢速度,问我们是否需要在此停留拍照,手足无措间车子停在了几辆车的旁边,几名游客正在湖边闲逛。几个女孩子下车跑了过去，帽子在风中瑟瑟发抖，我们几个男人都站在马路边闲聊着，看着白白的厚云、碧蓝的湖水、苍茫的荒漠与戈壁。他们两人抽着烟，有一句没一句地聊着。

"师傅，我们现在在哪里？"男人压着嗓子瞧着湖边的几个人。这里完全没有信号，无法导航。

"317国道。"师傅踢了踢鞋尖，像要踢掉一些东西。

"317？不是318？"

"那是川藏线。不是同一条路线。"

"完美。"

"你们不去拍照？"师傅往旁边走了几步又走回来，没有阳光，强风带着湖水的寒气，吹在身上有些凉。

"我不喜欢拍照。"男人将剩下的烟丢在地上，用脚踩熄。

车子继续往前开，要不是苏玥突然问今天中午吃什么，大家估计早把这事给忘了。师傅给了我们两个方案，一个是先去看圣象天门再去吃饭，另一个是先吃饭再看圣象天门。虽然意见难以统一，但大家最后还是选择先吃饭再看风景，逐渐出现的高反让大家看风景的欲望全无，看了估计也拍不了照。我们在服务区吃了饭，饭菜勉强算丰盛，可我脑袋胀痛得厉害，没什么胃口，我不停地揉着太阳穴。女孩们胃口倒挺好，还有说有笑的。

虽然吃着饭,但一点儿也不觉得香。人人都面如菜色。短暂的休息后,我们便又出发了。

没多久,车子就将水泥路开完,驶入了一条无名的泥土路,道路的颠簸程度让人忧心忡忡。我们每个人都被硬邦邦的皮质车座弹得老高,就如西班牙斗牛背上的骑士,紧紧拽住身下的斗牛以免被甩,开始还能笑笑骂骂,不久就彻底没声音了。

每个人都头脑昏沉,东倒西歪,行李物件被颠得哐当直响,尤其我的氧气瓶,在狭窄的空间里上蹿下跳,刺耳的金属撞击声使得原本压抑的高反氛围更加强烈,毫无意外,我吸上了我的氧气。

林汐此刻也关上了手机,眼下这环境她简直没法端正相机。由于座位狭窄,她的长腿只好斜着放外面,与我肩并肩,汽车的弹跳不时将她的头发往我脸上甩,我都吃到她的发丝了。她衣着朴素,也没化妆,不像车里的其他女孩,她们多少都带了妆。她也没喷什么香水,至少我离她这么近没闻到有什么味道。她甚至头发都没怎么打理呢。她给我一种奇怪的感觉,这感觉我说不上来是什么,只是在她由于累了或被车子颠簸得靠在我的肩上时,这感觉突然就找上了我。因为车里其他人需要吹风使大脑清醒,窗户被打开了一条小缝,寒风吹得人瑟瑟发抖。我披上了军大衣,分了一半给她。

无暇思考。脑袋随着颠簸的车子摇摆。在先前高度的基础上，车子似乎又上了好几百米的高度，弯路一道接着一道，这条传言像搓衣板的土路一点儿也没让人失望，走过的人会回想起儿时在河边洗衣服的搓衣板。

车子到达景点。

"师傅，我们在这里停留多久？"苏玥朝远处车边的师傅喊。

"两小时。"师傅又喝了一口水，缓缓背过身去，点燃一根烟。

外头风很大，我披上军大衣，跟在女孩们后面走着。我的心情沉闷，跟这厚厚的积雨云一样无法被风吹开，头痛让我寸步难行。

远处一座低矮的小山像翘起来的马鞍一样，人群都往那儿走。我是说它看上去十分低矮，就像几十米的小土堆，两条车轮胎的轨迹如两根铁轨般指引着人们往上头的岩石攀登，距离太远，岩石上似乎站着几个人。一直到岩石底下我们才得知，它的海拔有两百余米。我们前头走着几个人，也都徐徐而登，无人疾行。天空忽然下起小雨，使得脚步更加缓慢而沉重。开始我们还不懂为什么游客都往这座岩石走，爬上去才发觉，原来这里就是民间盛传的"半月湾"的最佳拍摄点。这里没有路，我们在黑岩石之间爬行，不时得给下来的人让路，我们从右边上去终于站住了脚，上面已人满为患，游客纷纷相互交错着拍照留念。另一头则是几百米的悬崖，毫无安全措施。我是与林汐一起下来的，但走着走着她就不见了。苏玥在我身旁，让我为她拍照，我咔嚓几下拍完就去找同车的男人了。他正一个人无声无息地到了最高点，最高点依旧没有护栏，他不做任何防护措施就将身子往外探。没错了，他这人果真有些不同寻常，我是说他压根儿就没有安全意识，他的手既没有扶，脚也并未成稳固的姿势拉开，看到的人会以为他这副单薄的身子随时会被大风吹走。这人很有意思，我心想。

"这地方还不错。"他难得地举起手机拍了几张。

"要我帮你拍吗？"他更难得地对我突然热情起来。

"行。"我将手机递给他。

他咔咔地拍完几张，完美的构图和对光线的掌控能力让我既吃惊又困惑，因为除了摄影师，很少有人能将摄影技术发挥至这种水平。

"你们是情侣吗？"他正要走，突然又回头严肃地看我。

"谁？"我十分诧异。

"你旁边那个。"

"林汐？不是。我也就比你提前认识她几分钟。"

"好吧。那就是我看错了。"他说完就走了,完全不顾及我的感受。

林汐不知何时已站在了我的身旁。我更惊讶了,完全摸不着她的行踪。

"帮我拍几张。"她将手机递给我。

我将自己的手机插进裤兜,抓拍了几张她的侧脸。她适合拍侧脸,这点她自己心知肚明。我是因为在车上看她的侧脸时总结出来的。她的鼻翼很高,嘴唇不薄不厚——这点尤其难得,她说话不笑的时候十分严肃,很适合演间谍剧里的女卧底,笑的时候则十分舒心,见到的人都会因她的笑容被吸引。我将手机递还给她。

"没拍好。"她说,"重拍。"

我做了个苦瓜脸表情又为她拍了几张。

"还是没拍好。"她一脸惆怅地翻着手机,"算了,就这样吧。"

天气虽然十分阴沉,但并不影响能见度,湖水延伸至天际,可以望见几十公里外对岸的念青唐古拉山脉的冰川群,天气晴朗之时可以眺望冰川银白的身躯以及锋利的刀刃,如鬼斧神工般在阳光下发出刺眼的青光,延绵不绝,湖面像是一片海域阻隔了两块大陆;阴沉的时候冰川则与白雾融为一体,烟波漂荡在对面冰川脚下。水波轻吻着双月湾的岸边，在黑色的湖岸激起的白色浪花如一匹绸缎，两个半圆的整齐划一，让人不禁怀疑是神仙不小心烙下的两个铁块，忘了焊接起来。月湾的中间向湖中心凸起，尖端立着一座石象，鼻子在吸水。未经人类活动的黑色湖边有几条裸露鲜明的黄土痕迹，这是之前多辆车子长年累月驶过才留下的痕迹，除了这些，这里再见不到人类活动的迹象。

苏玥想要坐在岩石上自拍没有成功，因为这处的岩石是向内凹的，要往外自拍，就得掉下去了。她扶住岩石爬了上去，让自己的脚踩在外面，身子向里，只好将双腿放进照片里，这样才好证明自己来过这个地方。

我通常在一个地方只能见到这么固定的几个人。至于其他人，我像是从来没在车子之外的地方见过。人们陆陆续续从山头上退下来，雨已经开始淅淅沥沥地下着了，大家争先恐后跳上了车。这倒让师傅颇为惊讶，他以为我们会待得更久一点："这就拍完照啦？"

"可以去湖边吗，师傅？"苏玥拖着尾音对此地恋恋不舍，"在上头只能远远眺望圣象。"

"是要去湖边的。"师傅肯定地说着，发动了车子。

车子在距离石象百米开外停了下来，接下来就得走路了。

男人二话不说，开了车门就罩着连衣帽往游客多的地方走去，他双手插兜，后背坚挺。

"他没打伞。"苏玥皱着眉头。我摊开手，表示我也无能为力。她又看到我两手空空，便将一把伞塞给我。

"你们去吧，我在车里等你们。"我揉着太阳穴。

"你不去？"

"头痛。不想走。"我有气无力。我觉得我看人都是一对一对的。

人们纷纷跟着男人的步伐离开了，车里只剩下我了。

"你们一起打吧。"苏玥说着，率先拉着林汐走了。她指的是男人。

车里只剩下我跟师傅了，奇怪的气氛让我不得不也下车来。我开始寻找林汐，她刚下车就举着手机不顾风雨一个人独自走了，这会儿差不多快赶上男人了。既然不能跑，那我就尽量将步子迈得大一些，不过最后还是没有赶上她，一眨眼的工夫，我在雨中的人群中就找不着她了。

"你走得可真快。"我赶上男人，将伞打开罩住他。

他抬头瞧了瞧伞，望着伞上的蒲公英图案看了许久。

"我只想去下一个景点看看。"他这会儿已经将双臂抱在胸前，低头看路，心里装着事。

这时我才发现,他长得很像某个人。

雨突然下得更大了。雨伞被打得直响。很快我们就看不见石象那边的人群了。风又大又冷,我不自觉地裹紧了军大衣。

走了许久,先头在山顶望见的小石象已经慢慢变得高大,形象也由具体到了抽象:眼前的石象已经不能叫"石象"了,应该说一块巨大的岩石的角落被挖了一个巨大的洞较为合适。象身挂满了白色的哈达,瘦骨嶙峋,无法攀登,游客只能站在它脚下观看,人站在象鼻之下是一道完美的摄影景点,背后的冰川和湖水有如天空之境,不容亵渎。

我依旧没有见着林汐。军大衣和氧气瓶对我高反产生的呼吸困难和头痛丝毫起不到缓解作用,我的心跳得很快,可以清晰地听到它在咚咚、咚咚地跳动,如同有个听筒直接连接到了我的耳膜。我觉得头晕,于是站在原地等男人,他除了因为冷抱紧双臂外看不出有其他不适的地方。他真是个奇怪的人,我想,或许他也已经高反了,但别人看不出来;或许压根儿不高反。不管属于哪一种,他都是个奇怪的人。

我踏着小碎步在原地打转,每个撞见我的人都问我身体怎么样了,我真想贴个标签在额头上,这样每个见到我的人都能让我安安静静地待会儿。我对任何人都不感兴趣,更别提风景了。说实话,我几乎想尽快回去了,如果车子可以立马掉头回拉萨的话。只可远观，这词用在青藏高原是再合适不过了。

他朝着人群稀少的湖边走去。这里离湖边还有很远的距离，人无法靠近，只能远远望着。林汐站在一处狭窄的地方正在自拍。

"这里有什么神秘的力量呢。"他走过去，站在她刚才站的地方望着浩瀚的湖水。

"不拍照那你来干吗来了？"林汐笑着问。

"走走看看。旅行嘛，不就是这么回事。"

他朝更深处走去。他想走到湖边去。

"这里下不去，我刚试了。"林汐阻止道，"看情况，应该是从那边才能下到湖边去。"她指了个方向。

"我们走吧。这里又冷风又大。"我打断他们。

"给你吧。"我将伞递给林汐。

"这样的话你们不是也没伞了？"

"我先走了啊！"他在几步开外朝我们喊，"你们打吧。"

我还没来得及喊住他，他就已经拐了个弯儿走掉了。雨水还在往下落，不密集，却十分有力量，如散落一地的黄豆。头发都湿了也阻挡不住她拍照的热情，我站在一旁为她撑伞，一言不发。雨雾并未影响湖面，它依旧湛蓝，狂风吹得湖水泛起雪白的浪花轻吻着岸边。我觉着继续这样望着我或许能好好睡一觉。一个人叫醒了我,她让我为她再拍几张照。等我们拍完照开始往回走,雨突然又变大了。雨雾中,我们像两个小孩般紧紧挨着往我们的车子走去。女孩们小跑经过我们身边时苏玥很惊讶地看着我们。

回到车上,大家衣服都湿了大半。

"师傅,这钱是不是可以退呀?您看这天气,我们什么都看不到。"苏玥故作娇嗔地喊,不时用纸巾沾着发梢上的雨珠。

"这鬼天气。不是说青藏高原是干旱地区吗?"男人摸着脖子上的水珠。

师傅边发动车子边喊:"人到齐了我们就走了。"

"都到了。"苏玥甩着身上的水说。

"你们这还算好的了。"师傅别过脸对她说,"更坏的天气是水面上都是雾,连水都看不见。今天的能见度还算可以了。"

"那就是说钱不能退的?"苏玥仍笑着。

"退——"师傅将车拐进了正路,也就是刚才来的"搓衣板路","倒也可以退,不过只能退部分钱,毕竟你已经跟了这一段路程的团了。你要退吗?退的话你就要自己打车回去了。或者你要是等得起,那就在这里等我们从珠峰回来时接上你。"

"回来也走这条路?"

"有一部分重合。"

"你就让我一个人在这里？这里连个住的地方都没有。"

"噢，那没事，前边有地方住，我把你放在那里。"师傅很耐心地分析着，"怎么样？你要不要留下？"师傅将车子放慢了速度，方便讲话。

"不用不用，"苏玥捂着嘴笑，"我就开个玩笑。"

"嘿，你这孩子！"师傅笑着，"尽说些不靠谱的话。"

她继续跟师傅唠嗑。

车子差不多被颠出了毛病，因为我们都闻着车里的气味不对劲了。师傅稳定军心地说没事，就是温度太高了，没啥毛病。我们感觉这车几乎要进回收站了，零件之间似乎断了截，有点儿像在坐山地车。它居然没抛锚，这倒出乎意料。车子驶出不多远时，天空就突然放晴了，阳光大片大片地落下来，照耀着大地。

大伙儿都晕得不行了。自从看完石象归来，高反无一例外地袭击了每一个人。即使驶入国道后大家也是睡得横七竖八。林汐的脑袋晃过来晃过去，不时靠在我肩上。夜幕开始降临，气温瞬间下降，使人感觉进入了冬天。我帮她盖好我的军大衣，黄昏下的橘光偶尔出现在她的发梢和脸颊，一绺头发掉了下来沾在了她的嘴上，我忍不住想要帮她整理一下，但想了想又将手缩了回来。

太阳老早就落下了,时间已经是夜晚了,但天空依旧敞亮,如正午的客厅。所到之处仍是一望无际的戈壁,偶尔的青草与牲畜也都很零散。我们中途被惊醒好几次,询问所到之处,师傅一如既往地回答我们,快到了快到了,接着我们又沉沉睡去。像是又爬升完不短的长坡,绕了许久的弯道。眼瞧着窗外夜幕就这么落下来,却还不知要住的地方在哪儿,远处低矮的秃山与我们遥相呼应。

车子最后停在服务区时已是晚上九点了。我们还没有吃晚餐。与之前到景点观看风景不同,车子到达住宿的目的地之后无人喝彩,人人都还在沉睡中不愿醒来。我们下车的时候不是跳出来的,是扶着车身慢慢挪下去的,倒是师傅难得地催促:"动作快点儿,晚了可就赶不上晚饭了。"

我们的车停在服务区的水泥路面上。前不着村后不着店,所见之处与荒野差不了多少。路边停着一排车,看样子人们都是包车来的,没有小轿车。远处亮着几处孤独的灯光,目力所及,我们并未见到用来住宿的楼房,只有一些不锈钢棚屋。

"师傅我们住哪儿?"苏玥捂着肚子首先问。

看样子是冻着了。她的头发蓬松,完全因睡觉扰乱了素日的大方与整洁。她原本是化淡妆搭上这班车的,这会儿脸色已经成白纸了,口红也在嘴唇上褪了色,如掉漆的墙壁,疲倦而固执。她正在用一根蓝色的绸缎丝带扎头发。由于双手朝上往后举着而将瘦削的腰身露了出来。

师傅熄火下了车就先做了一套拉伸动作，此刻正在收尾，他边扭着腰边指着远处的不锈钢棚屋："我们今晚住帐篷。"

"帐篷？不会冻着？"林汐站在苏玥身边，也撸了撸头发，她的头发是披着的，紧紧簇拥着，有点儿模特的感觉。

"冻不着——"师傅拖着冗长的嗓音，如使劲在喊山歌，"屋里头都有炭火。"

"炭火？那不一氧化碳中毒了？"

"中不了，有烟囱。"师傅说着，已经领着我们朝帐篷走去。黑灯瞎火，师傅带领我们走了一段石子路，来到一间厂房式的铁皮屋。他在门口旁边的水缸里舀了半勺水，洗了把脸抹了抹脖子，瞬间浑身散发出热气。推门进去，我们学着他的样子，也都舀了水洗脸、抹脖子。

"水真冷，手都要冻掉了。"苏玥用两根手指头捏着勺，一点一滴地用水慢慢擦了擦脸。

林汐上前抢过勺，帮她打水。其余的人没有留下来，哆嗦着跟着师傅进了屋。

【9】

屋内挤满了人，摩肩接踵。进门就是几个大火炉烤着几个大铁桶，旁边冒着热气的菜肴正在分给围着这几个大桶打转的游客，两个工作人员娴熟地握着手里的菜勺，有点儿食堂打菜师傅的感觉，这群来吃晚餐的游客全都围着他们转，正好堵在中间的位置。除了这些站着正在打饭菜的，其他人都坐在紧靠着四面墙壁的粗笨原木长条椅上，总之，你的身前总是有人。许多都穿着棉布大衣或军大衣，如此一对比，我们几个人看着极其寒酸与凄凉。他们好一点儿，至少有的已经开始休憩打盹儿了。

我们见着师傅撑开手正在炉边烤火，便也都学着一字排队先烤火再去拿盛饭菜的盘子。大家沉默不语，空气里冒着热气，混杂着偶尔的人声和锅碗瓢盆撞击的声音，冗长而拖沓，一切动作此刻都变得十分沉重且缓慢，人们慢慢地走路，慢慢地交谈，空气里的撞击声也是慢慢奏响再慢慢消失，有如一支古典木笛曲正在舒缓地回荡。我们全身都快冻僵了。我的军大衣一点儿也没起作用，因为眼下我正犯着高反呢，头重脚轻，寸步难行，每走一步都像让我去向领导请假一样困难。火炉的热气丝毫未能缓解我的痛苦。我们全都眯着眼，脸色苍白，毫无胃口。我端着土豆丝和白菜豆角之类挪步到一个角落坐下，身边没有一个熟人。

我将盘子很不熟练地滑在了面前的木桌上，眼睛胀痛。又去打了一碗汤回到座位上。旁边又多了几个陌生人。不知怎的，我发觉斜对面一个穿棉大衣、里头裹着束身长裙的女人总是看着我，我左顾右盼，看看她是不是在看旁人，但是没有，我们彼此微笑了一下算是打过招呼。她端着盘子挪到离我近一点的地方坐下，我觉得出于礼貌我必须先开口说点什么。我们交谈了几句，得知大家的境遇相差无几，我勉强笑着，但我感觉自己并没有笑，我的肌肉都冻僵了，这说明我们的某些能力在某些环境中是会失去的。

屋子里热气腾腾，可以说是烟雾缭绕，有时分不清是饭菜的热气还是人呼出的气体，没多久，刚进屋子的人就不得不将大衣纷纷脱下，但又没地方放，只得抱在胸前。

"喝点儿热汤，会舒服些。"她说。

我摇摇头，顾不上礼貌就低头闭眼打起了瞌睡。这种不能自控的感觉实在不好受。我觉着过了许久，睁眼发现苏玥与林汐已经坐到我旁边了。

"你朋友？"苏玥朝我使了个眼色说，让我看刚才的女人。

女人正跟着同伴在屋子里转悠，不久就推门出去了。她长得很高挑，我实在想不起在哪里见过。

"不认识。"我捂着额头有气无力。

"那见你们聊得挺熟的感觉。"

"是吗？"我冷漠地抬头瞧了她一眼，"这我倒没注意。"我真想对她微笑，可我办不到。我实在控制不了自己的表情。

"确实挺明显。"林汐说，"我还以为你是撞见朋友了呢。"

"那就真见鬼了。"

我终于挤出一丝惨白的笑容，就连我自己都觉得十分奇怪。

不过我马上就后悔起来，因为我突然想到这个陌生人或许是个线索。

师傅不知什么时候开始端着盘子吃饭了，他就一直站在门边，又不知什么时候他已经吃完了，最后还烤了会儿火，然后搓着手出了门，高原环境对他而言就如落在手上的一根头发，想要应付，不过是挥挥手的事。

"我感觉我得熟了。"我语重心长地对苏玥说，眼睛却看着林汐。我发觉自己无法集中注意力了，如同醉酒那样。

"熟了是什么意思？"林汐看向我们。

"死的意思。"

"你看她。"她瞅着林汐，"她都好好的，你熟不了。"

我的大脑与胃已经开始分离。我原本想等她们吃完再一块儿出去，但沉闷且燥热的空气让我越加呼吸困难起来，便带上饭盒起身挪步去了外头。

寒风吹来，我下意识裹紧了军大衣，军大衣将我从头到脚都裹得严严实实，却依旧没法阻挡冷空气贴近我的肌肤，我站在水龙头边不停地发抖。一个戴小圆帽的年轻小伙子正弯腰清洗餐具，他穿着灰色调的衣裤，在夜色里看不清轮廓，堆得老高的金属餐具在他的抽动下滚落下来激起一阵阵脆响，惊扰了黑夜。

我抱紧自己，在原地转了一圈，四周黑洞洞的，少有人烟，偶尔能够见到远处夜色中走着一个人，走着走着就不见了，也许是走进了某个帐篷，也可能往更远处走去，师傅与另一个留着络腮胡子的中年男人在不远处抽着烟，他们见面时先隔着一段距离打量了对方，然后脱帽放置胸前，点头打招呼，接着便有烟雾袅袅升起，星星烟火忽明忽暗，在吧嗒的那一下格外闪烁，如死灰中的一粒火种。

女孩们先后出来了几个。我们一起找厕所。师傅为我们指明了远处一座巨大的水泥建筑，说那就是厕所。"有点儿远，慢慢走。"师傅嘱咐我们。这话我们都放心上了。它看上去就在五十米开外，我们走了十五分钟才走到。

"我终于知道了为什么这里的人性子都这么好。就算想吵架也不敢吵。你说万一吵着吵着缺氧了怎么办?还不得赶紧送医院,这多麻烦,吵个架还进医院了。"苏玥轻轻地对林汐说,像在说悄悄话。她终于放下了白日里的大喊大叫,气色很差,一手捂着肚子。

"你还想吵架不成?"林汐捂嘴喷笑,"看来是缺氧限制了你的发挥。"

由于电力资源的稀缺,大多设备都是节能设计,这个路灯称得上是这里最亮的光源,我们哈着热气,如冬天里的马匹。

我们行动缓慢,腰都快断了,在听说师傅正在帮我们安排住处的消息后,终于松了一口气。可不到一会儿,一个当地小伙子便十分严肃地走过来对师傅说:"目前没有空出来的帐篷。"说完,他便匆匆离开了。

一群人从我们身边快速走过,领头的小伙子又高又瘦,却十分精悍,这种精悍在一些篮球运动员身上可以见到。他走得飞快,身后跟着七八个游客,其中一对看上去十分年轻的情侣让我感到有些眼熟,不过只能见到背影,马上他们就消失在夜色中了。况且我也没法跟上去一探究竟,我差不多是杵在了原地,脖子都懒得扭动,我想这时要有一辆车返回市里,我会立马跳上去的。

之前的那个当地小伙子又回来了,打着手势让我们跟他走,我们迷茫地望着师傅。

"走吧——走吧。跟他走。"师傅打着手势。

我们一队人便跟着他走了。他推开一间帐篷的门往里瞧,只听里面传来:"满了满了。"

他又带着我们推开下一扇,里边传出喊声:"关门,关门,好冷!"

如此走过了好几扇门。我们面面相觑,终于明白了床位原来是流动的。

"那我们刚才还吃什么饭上什么厕所,不如早点来把床位先占了。"苏玥笑着说。

"这就是套路。"林汐附和说。

"不。这就是师傅的原因。"男人诘难着,但诘难的对象不在眼前。身后的师傅又在原地小跑了一会儿,就消失了,他一整晚大多数时间都在这样运动。

当地小伙子终于用普通话朝我们喊:"这里。这里。"

【10】

他走得很快，我们掉了很远的队。我们见到他半虚掩着门朝里头说了几句话，接着便整个人进去了。他正在里面清点床铺。可是一点儿嘈杂都没有。

"师傅，这是男寝还是女寝？"苏玥朝里头喊。

小伙子走出来说："不分男女。"

"男女一起住一间屋。"苏玥十分惊讶，"师傅可不是跟我们这么说的呀。"

"这多不方便。"林汐几乎要哭了。

"没地方了。"小伙子边嚷边走，说来奇怪，他明明在大声喊，可我们却没法生气，大概是他的声音非常好听，故而显得毫无敌意。他走了几步，却没有一走了之，而是急遽地在原地走来走去，等着我们的决定。

"先进去看看吧。"苏玥建议说。

门很轻，轻轻一碰，就自动闪开了。这是女寝。至少唯一有人的那个床铺上睡的是女生。女生留在里头，我与男人退了出来。

她们从屋里出来。

"你们住哪儿？"苏玥对着我们。

"谁知道呢。没地方住就在外头看风景得了。"男人难得的心平气和。

"那多冷啊。"林汐比谁都忧愁，"你们再去问问师傅看有没有地方。"

"我觉着吧，师傅压根儿也无能为力，要有地方，他早就让人给我们安排了。"男人说。

当地小伙子快速走过来大声喊："怎么样？决定了吗？"

"我们住这儿。"苏玥下决心说。

小伙子看向我们："那你们呢？"

"就没有男寝？男女住在一起实在不方便吧。"林汐委婉地提议。

"我可以再找找，但最好不要抱任何希望。你们来得有些晚，现在很不好找。"小伙子说。

"但我们看见还有人比我们晚呢。"林汐反驳。

另一个当地人正经过，小伙子与那人大声用藏语交流了几句，回头对我们说："还有其他地方，去看看。"

"那还等什么呢！走吧。"男人拔脚就走开了。

我们一起走到了另一间帐篷外。另一个当地人走进去瞧了一会儿出来："没有了。"

我们一时杵在原地谁也没有开口说话。

狂风越刮越密了。行人都抱紧自己。

师傅瞅瞅男人又瞅瞅我:"扭扭捏捏的。这是非常时期。又不是故意住一起。"

"她们住哪儿?我们再去看看。"他对小伙子说。

小伙子一声不吭将我们原路带回到刚才苏玥她们的房间门口,然后闪到一边,师傅跨着大步从我们身后挤过来,敲门走了进去。不一会儿,他就走出来,身后跟着苏玥等人。

"这里只有一个多余的床位了。"苏玥提醒道。

我与男人面面相觑。

就在这时,刚才打过照面的那个当地人又出现了,他找到带我们的这个小伙子交谈了几句,便抬脚走了。

小伙子手臂一挥,说有男寝,但也只剩下一个床位了。

"你睡这儿吧。我走了。"男人不假思索地说。

还没等我说话,他便跟着小伙子和师傅走了。夜色中,他们的背影如几道魅影在行走,脚下的石子被踩得沙沙作响,他们渐行渐远。我们几个又在夜色中站了一会儿,气氛有些异样。

"走吧,进来吧。"苏玥招呼我说。

我跟着她们进了屋。雪白的墙面刺得我很不适应。我想得感谢我这糟糕的身体,因为高反的缘故,脑子跟身体都有些不听使唤。大概是八个床位，互相挤着，成凹，只留下门口的这个出口。没有任何家具，只有床。行李都被堆放在地上，衣服脱在床上。地面铺了一层厚厚的酒店式样的地毯，又软又轻，即使走得很重，也不会发出什么声响，上面绣着一些我们不熟悉的图案，极为好看。门口的大烟囱倒是挺让我好奇。

我将行李放下，问她们："我睡哪儿？"

我们还没有分床铺。

苏玥走到最里面的床铺，那里正坐着一个小女孩，要是不说，你准以为是个留长头发的男孩子。苏玥问她："你好，请问这里哪几个床位是已经有人了的？"

女孩指了几个地方。她长得实在瘦弱，脸色苍白，说话声音有气无力，她说话是靠气息，不是靠嗓音。

"她是不是不舒服？"林汐敏感地问。

"我看好像是，脸色比我还差。"苏玥在床边坐下。

"你是一个人吗？"苏玥走近她坐下问。

"不是。我跟我家里人一起来的。"女孩很想微笑，她也确实微笑了出来，完全不像在高反。

"他们人呢？我看你气色好像不太好。"她凑近脸瞧。

"我家里人跟亲戚出去了，晚一些时候回来。"女孩微笑着，"没事。我有病。"

我们都不可思议地朝那边望过去。苏玥举起双手望我们："我什么都没干！"

女孩更大声地笑起来："你们不要紧张。我真有病。"

我看见她头上还缠着绷带："别说了。她是有病。"

她们都看了我一眼。气氛降到了冰点。女孩平静而甜美地看着众人："他说得没错。我是真的有病，而且还不轻。"

"很重？"苏玥终于相信了，皱着眉头。

"很重。"

"有生命危险吗？"

林汐上前拉了拉苏玥，希望她停止询问，但是已经来不及了。

"随时可能去另一个世界。"女孩说。

"那得赶紧去找医生呀。"

"这儿哪有医生？"

帐篷外面，寒风呼呼地吹着高原静静的夜。

"你家里人竟然不反对？"

"也犹豫过，"女孩低头抿嘴笑了一声，"但是想想随时可能会离开这个世界，还不如趁着能动的时候去曾经想去但没去过的地方。"

一阵交谈过后，她们终于讨论起了床位的事。我睡靠门的床，紧挨烟囱。

就在我收拾的时候，她们窃窃私语着什么。

"你对他说。"

"你说。"

"为什么是我？刚刚不是你坚持不想让男生进来住吗？"

房间里出现了短暂的沉默以及微弱的笑声。

苏玥突然对我很是愧疚且严肃地说："很抱歉，我们刚刚不是有意不想让你进来，而是——跟陌生男人睡在同一间屋实在是一件别扭的事。你懂吗？"

"懂。"我爽快地说。

"你真的懂？"

"我觉得我应该懂。"

她开门见山："那好，我们要换衣服了，能出去一下吗？"

我唰的一下脸红了，显得我好像故意在此久坐不走。

"抱歉。我没懂。"我说着，并起身朝门口走去。

"外边太冷了吧，"林汐看不下去了，忧心忡忡地对苏玥说，"让他别过脸就行了吧。"

"那不行。他要是回头了怎么办？"

"没事。我在外面等。"我裹着军大衣走了出去。

我看了看手机，已是晚上十一点了。我头晕得很，因此不敢多动，光是站着，像树那样笔直。几个人影欢笑着从我身旁经过，他们在不远处挥手告别，约好明早一起看日出，男女分别进了不同的帐篷。

"我们换好了。你进来吧。"林汐出现在门口。

我迈着沉重的步伐，走进去。她们都穿起了自带的南方冬天穿的厚羽绒服，帽子也都戴上了。我在床上坐下。

"我们去上厕所，你去吗？"苏玥问。

"走不动。"我顺势和衣躺下，脚踩在柔软的地毯上。

"你就不男子汉一点？"她斜睨着问。

"你需要保护？"我挤出一丝嘲讽的笑容。

"别勉强他了。他这样连自己都保护不了。"林汐捂嘴笑着率先开了门。

她们最后把小女孩都劝动了。

"这氧气暂时不吸可以吗？"苏玥盯着连接她鼻孔的氧气罐，有些吃惊。

"这没事。其实我吸不吸都一样，只是我家里人让我一直吸着，怕有什么意外发生。"女孩微笑道。

她们愉快地推门出去了。笑声传了很久，一起传来的还有硬鞋底踩着沙石的沙沙声，这里隔音很不好，连隔壁屋的吵嚷声都听得到。我使劲强迫自己睡着，却事与愿违，眼帘像两扇铁门压着我的眼球，最不适的还是肺，它舒张得毫无规律，正常人的肺是有规律地跳动，我的肺却跳动得不自然，我也无法控制，因此它就如打铁匠炉火下的火扇费力地抽吸。我一刻都没睡着。说话声和脚下的碎石声从门缝传来，她们回来了。

"马小日，你这就睡了？"苏玥进来问。

"没睡。"我翻了个身望了她们一眼。个个气色都不错，都比我好，"我觉得今晚我不用睡了。"

"你脸色真差劲。"她走上前在我额头上摸了一下。

"没发烧吧？"林汐问。

"没感觉，"她摸摸自己的，又去摸林汐，"也没感觉。"

"真难受。"我侧过身。这样稍微好受点。

苏玥在自己的床边坐下望着我这边，但明显在发呆，什么也没有看，说："我觉得我今晚得死在这儿了。"

"严重了。"我安慰说。

"你不懂。"林汐走过去抱住她的头，"她今晚比较特殊。"

"特殊？那我真不懂了。"我将手背搭在额头上，喃喃自语。

女孩们说起明天的早餐，接着又结伴去洗漱，但这里并没有条件进行睡前洗漱，厕所还要走到几里外的地头。

"我无所谓。有水我也不想洗了。"苏玥躺着说。她闭上了眼。

"那总得洗个脸刷刷牙之类的。"林汐说。

"应该没热水。"

"吃饭的那地方不是有火炉？上面烧着开水呢，我看见的。"

"那是人家用来洗碗筷的。"

"借一点点总可以的。"

"你可以试试。"

我不再参与他们的谈话。等她们拿着牙刷、杯子、毛巾之类的出门后，我便和衣钻进了被子，一条腿搭在地上，虽然我睡意全无。等她们再进来，我正对着墙壁侧身而睡。我差不多每隔几秒就要吸几口氧。氧气瓶都没氧了我还在吸，我觉得我吸的不是氧，是一种心理安慰。

在回来的路上，她们看见几个人用铁钳夹着炭火匆匆路过，这才想起屋子里是可以烧炭火的。

"这么冷，怎么睡得着。"林汐看看四周，"而且这里也没有炉子生火。"

我动了动身子："那儿。"

我用头指指烟囱的地方，那儿有一个四四方方的东西，看上去就是用来放炭火的，煤烟可沿着烟囱一直排放到外头去。

她们都将头发绑着，露出光洁的脖子。

苏玥走过来东翻西找，没有搞懂。

烟囱正好在我脚的位置。

她捣鼓了一阵子就放弃了："搞不懂。这东西怎么能取暖。"

"我们得去找个当地人来帮咱们生火，"林汐建议说，"这个我们不会。"

不久，她们果真领着一个当地小伙子回来了。我分不清楚这个小伙子跟之前领我们找房间的是不是同一个人，在陌生的地方你会觉得看谁都一个样子。他蹲在我脚下那里埋头捣鼓了半天，最后站起身搓搓手上的灰说这个不能用了。

"炭火烧不着的。"小伙子耐心地解释说。

"别管烧不烧得着，先帮我们烧着吧！你给我们炭火就行。"苏玥毫不动摇。

"炭火也不够。得找找。你们来得有点儿晚。"

"那就找找。"见他要走，她赶忙也上前一步，"要不我陪你一起找找？"她没等对方回答，就跟上他的脚步走进寒风中。

关门的刹那，门口灌进来一股强烈的寒风，使我不禁哆嗦了一下。

"他们就不能换个新鲜的词？"林汐感慨着，"说来说去就这么一句。"

"别抱希望。"我翻了个身,盯了天花板好一会儿。

他们马上就回来了。

小伙子手里用火钳夹着一块铁板,里面盛着几块红了一点的黑头棍状木炭,木炭被丢进火炉,他用火钳拨弄,使得炭火勾肩搭背。他最后交代了几句注意事项,尤其不能将盖子打开,以免煤烟中毒,要是觉得太热,就直接用水将它浇灭就行了。女孩们道了谢,纷纷围着炭火看它的势头。他出去时瞧见了躺在床上的我,眼神略微有点惊讶,但没有说什么就出去了。

"他可能会误会。"我挤出一丝微笑。

"那可不!便宜你了。"苏玥白了我一眼。

炭火最后也没能燃得旺盛。我们索性将它浇灭了,以免半夜中毒。

黑暗中传来苏玥的叹息声:"这可怎么睡啊。一个大男人在这儿。"

"我倒觉得无所谓。"林汐奶声奶气地说,"再说他也动不了。他正高反呢。"

"总会不方便。尤其现在要睡觉了。"

"我懂。"我在黑暗中回应。

"你又懂了?你真的懂?"

"我真的懂。放心，我不会看你们的。我会把头埋进被子里，脸朝着墙壁。"

我差不多此刻已经可以麻溜地钻进被子里了。我将大衣脱下来盖住胸口的地方，并用两只手搭在肩膀的地方——这是我小时候母亲教给我的过冬的方法——捂得严严实实，但我没有脱掉外裤。

"呵呵，他还挺懂。"苏玥说不上是称赞还是嘲弄。

"好了，睡吧。整天舟车劳顿的。"林汐宣布晚安时间到。

少了炭火的陪伴，空气一如既往地冷。室内除了吹不到风，好似跟外头没有两样。我将头埋在被子里竟比先前要好一些，这倒让我十分惊奇，我是说呼吸没那么困难了。说来可笑，你要是在正常的空气里缺氧那简直没法活了，可你要是索性在稀薄的空气里将嘴掩得严严实实反倒更容易呼吸了。我没法闭眼睡着，因为女孩们脱衣服的声音不绝于耳。

"我们好了。你可以转过来了。"苏玥说。她动了动身子，床咯吱响了一声。

"不用。我这样躺着很舒服。"我是说真的。

【11】

屋内黑得见不到睫毛外的物体。她们两人说着话。

"你们晚上去看星星吗?"林汐在黑暗中细声问,"我好想去看星星啊,我听说青藏高原是离星星最近的地方,很美的。"

"你还真去看?你不睡觉了?"

"反正睡不着。"

"我是不会去的。走都走不动了,而且这么冷。"

"好可惜啊。"

"活着就有机会。先睡觉吧。"

又过了一会儿。

"你脱裤子睡的吗?"

"没有。你呢?"

"我也没有。我发现穿着裤子睡不着,很不舒服。"

"我也是。不过穿着裤子总要安全一些吧。"

"睡不着,不行,我要脱了。"

苏玥比我咳嗽得还要严重得多,我咳嗽的时候还能捂着嘴尽量控制音量,她是来不及,或者说捂不住,咳得嗓子都要炸了,就像炒板栗那样从中间裂开。我们劝她喝点水,她说不用,怕上厕所。睡睡停停，钟表转了许久，大家陆续不再说话进入了睡眠。我整夜未眠，氧气吸完了就得时刻捂着肺，以免它哪一口没喘上来我好有所动作，我不怕死，但我怕喘不上气。我感觉我要死了，就在这里，在一堆女孩中间，这感觉差点将我吓醒。

可能是过了很久，我感觉有个声音在将我唤醒。此外，我的氧气都吸完了，我只能等待着死亡或黎明。是苏玥。我翻了个身偏头瞧见了她。她正蹲在我的床边摇我的手。

"你睡了吗？"看我醒了，但她还是这样问。

"没呢。"我有气无力。

"我知道你没睡着，"她压低声音说，"你能帮我去弄点热水来吗？"

"热水？"我很困惑，"你要热水干什么？"

"这你别管，你就说能不能去搞点来吧？"她轻声却很干脆，蹲着没动。

"好吧。"我说。但我仍然没动。我在想她会不会改变主意。我自己都快要死掉了，这时候了还想什么热水。

她起身回到了自己的床上，又轻声喊："你去了吗？"

我又磨蹭了一下，只好穿上大衣起床了。我差点儿找不到我的裤子了。我扒开门走进寒风里。我想也没想便朝餐厅走去，在这几个小时里，我就只见过那里有火源，要是运气好，兴许还有热水。晚餐的时候我见过洗碗工在那里的大铁桶里舀热水。

夜静得可怕。我想起苏玥说过这里有狼，真够倒霉，她的话还真吓到我了，因为我老是回头盯着远处的山头，害怕在某个山坡上瞧见几匹野狼。石子在我脚下响，这太让人心烦了，你要是正在干一件不愿让人瞧见的事，那你会觉得一切响动都是在出卖自己。

凌晨两三点的天空美得果真不像话。繁星璀璨，如同一幅画卷。

我很容易就找到了餐厅，它出人意料地保持着明亮的状态，里头亮着灯。水缸里的红色水瓢在夜色里十分打眼，缸里的水黑黑的，像黑夜，脚边的土地都湿漉漉，是刷洗餐具留下的烂摊子。我绕过水缸跳过几个石砖与木板推了推门，它没动，门上咬着的一把锁提示着我此行注定不能顺利了。我差不多要放弃往回走了，这时一个当地人路过，他走过来用怀疑的目光打量着我说："你在这里干什么？"

"您好，我想找点热水。"我往后退了两步才说，这样做无非是想让他看到我对餐厅没有企图。

"热水？这里没有热水！"他直截了当地说。

"我知道。我是说，我在晚饭的时候看见这里面的铁桶里有热水。"我走到他侧面说。

"那是有用的，没有多余的。"他强调。

我突然觉得我应该首先明确他是不是我要找的人。

"您有钥匙吗？"

"有。"

"拜托了，就要一点，一点点热水就行了。我们房间炭火也烧不着，都要冻死啦。是女孩子需要。"

"烧不着？不是给了你们炭火取暖吗？"他十分惊讶。

"我也不知道。"

"那你快一点，我还有事！"他说着很不情愿地帮我推开了门。

"劳驾了。"我欠身先走了进去。我想尽可能快地将热水打回去，我都快走不动了。房间里暖和极了，火炉上烧着三个白色的铝桶。火炉里头的炭火更换过，底层烧得通红，中层与上层都是黑乎乎的。我揭开第一个桶，热气熏到脸上，烫得可以立马洗个热水澡了。我往四周围瞧了瞧，没找着合适的工具。我想找个能够盛放热水的容器，但我行动真是慢，他走过来脱下手套塞进口袋："你要找什么？"

"我需要一个盆。"

他走到里头一间屋子里翻找了一阵，不久就拿了一个塑料盆出来，递给我。

"多谢。"我接过它。

我往盆里舀了不多的水，也就三分之一盆的水，我怕多了他会突然变卦。他锁了门没多说就快步往另一个方向走了。我觉得他们简直不可思议,这在我看来几乎可以用小跑来形容了。高原气候才是他们的舒适区。我端着热气腾腾的脸盆往回走，脚下的石子依旧响着。

两个人影朝我迎面走来，像睡不着特意出来散步。男的高大肥胖，女的瘦小娇弱，两人都裹着厚厚的军大衣，互相搀扶着。我觉得这脸有点儿熟悉。但还没等我先回忆起来，他们就站在离我不远的地方不动了。不错，他们就是我在火车上遇见的那对被警察带走的情侣。

我也站着不动了。男的首先朝我走来，女孩挽着他手臂跟着，我往前挪了几步停下。

"真巧，在这儿碰到你。"他朝我伸手，但见到我两手没空又缩了回去。

"你好。"我举了举水盆，十分困惑地盯着他，又瞧着他身后的女孩，跟她打了声招呼。

"你好。"女孩羞涩地说。

我们都没有说话，远处的一盏路灯孤独地望着大地。大家缄默了好一会儿。

"这是怎么一回事?"我问男人,"你不是被警察带走了。"

他摸摸鼻梁:"说来话长。"虽然并没有眼镜,但他老改不了这个坏习惯,"我是自己逃出来的。"

我猜到了,但还是不敢相信。我开始相信自己猜想的了,那就是女孩是被他挟持出来的。

"带着她一起?"我指的是"逃出来"这件事。

"我是逃出来的。她,我不太确定。"他的话模糊不清。

我往旁边挪了小步,好更看清女孩,我想我可能不应该多管闲事,再说,我还得赶紧回去。此外,我仅剩的力气已经不允许我再生出事端,因此我只是伸长了脖子朝他身后喊:"要帮忙吗?"

"不用。我很好。"女孩十分肯定地说。

"那再见。"我朝男人点点头,却看着女孩说,接着就朝自己的房间走去。身后响起他们的欢笑声,似乎是在说今晚很幸运,能够见到这么美的夜空。

【12】

我用胳膊顶开门。

我听到苏玥起床的声音。

"你能再出去一会儿吗?你在这里我有些尴尬。"她不好意思地说。

我又推门出去了。我站在门外,低头盯着脚下的石子,有一颗较大的,我将它在我的双脚间踢来踢去,小时候我经常这么玩。我想是过了许久。头痛使我对时间的流逝没有概念,我计算时间的方式就是数自己吐出的白气有多少。

"你可以进来了。"她从门缝里露出一双发光的眼睛说。

"她们醒了吗?"我走近她悄声问。

"没呢,看样子没醒。"她的声音有些虚弱,"她们睡得倒是挺香,我今晚是睡不着了。"

"好黑。完全看不见路。"我伸手朝前探路,不小心摸到了她的手。她愣住了,但马上就说:"你拉着我。"

她的手如同一块滚烫的海绵。

我们各自回到床上。

"希望赶快亮起来。我实在睡不着。"她说着又咳了一下。

"睡吧，还有时间。"我突然又想起了什么，"对了，你把水盆放哪儿了？"

"床底。"

"要不要我去倒掉，万一打翻了就糟蹋了这地毯了。"

"明早吧。外面怪冷的。"

"好吧。晚安。"

"晚安。"

寂静中，她又问我："你还记得在青海湖，你假装向我求婚的情景吗？"

"记得。"我回忆着，虽然那只是一个玩笑。

"其实我很后悔把你的求婚信物小黄花弄丢了。"

"它算不上信物。只是一朵野花。"

又安静了好一会儿。

"要是你真的向我求婚，我会毫不犹豫地答应。"

"你喝酒了？"

"我清醒着呢。"

"那你们打的赌到底是什么？"我指的是青海湖那次。

"你以后会知道的。"

没有再多交谈，我们赶紧各自睡了。她还是断断续续咳嗽，最后终于安静下来。我的肺仍旧气鼓鼓的，空气似乎进不来。

就像一个弹力不足的橡胶球，你捏在手里使劲挤压，却不能使它完全瘪下去。

晨光从单调的玻璃窗透进来，夹杂着细碎的石子的声音，我似醒非醒，全身酸痛，我能感到自己是浮肿的，脸是肿的，眼皮也是肿的，肺也是肿的。我并不知道肺水肿是怎么一回事，只是在这趟旅行中听过太多次关于肺水肿的危害了，因此给我留下了不良印象，怎么也抹不掉。

我在床上翻来覆去，但没有立刻起床。耳边首先响起林汐的声音，她说昨晚是不是进小偷了，好像听到门的动静，苏玥笑着说她高反太严重，都出现幻觉了。我这时才想起床底下那盆水还没倒掉，可我往那里瞧时，发现水已经不见了，我想准是苏玥提前起床倒掉了。

林汐叫苏玥起床，陪她去洗漱。苏玥不想起床，她便将手伸进了被子去抓她的腿，冰冷的手一碰到她大腿她就夸张地大叫起来。如此折腾好几回合，她终是败下阵来。

穿衣服前她似乎想起了什么："马小日你别偷看。"

我仰着脸朝天花板笑着："我根本就看不到。这是物理学。"

"你刚才穿裤子他没偷看吧？"她故意低声问林汐。

"他压根儿都没醒呢。"

"那谁知道。有的人看着像睡着了，但其实睁着眼呢。"

我一蒙被子，翻身朝着墙喊："我可都听见了啊。"

室内一阵欢笑声。接着就是她穿衣服的声音。空气里传来塑料袋的声音，我猜她们拿了毛巾、牙刷之类的东西。

"马小日我们好了。你可以看过来了。"走之前她喊。

她们摔门而去，屋里一下子就安静了。

等到她们都洗漱完，我瞧见她们脸上头上都冒着热气，有点像蒸包子刚出炉的模样。她们开始往脸上涂抹一些护肤品，拍拍打打，这跟打脸没什么区别。她们在说着去不去吃早餐。

苏玥正侧头绑着头发，她这次要绑出两根辫子。她的样子很像古代女子洗头发的样子。

我突然想逗逗她。我说青藏高原上的毛毛虫都会发生高原反应。

"应该不会吧。"她很认真地看着我，"毛毛虫跟人还是有区别的吧。"

我憋笑没能成功，因此很不礼貌地取笑她："这里没有树，没有毛毛虫。"

"好傻。"林汐捂着嘴笑。

苏玥将脸一横，生气地背着我们绑头发。她又照了照镜子，拉着林汐朝餐厅走去。走之前她报复性地朝我喊："别关门！冻死他。看他怎么穿裤子。"

她不说我还把这事给忘了，穿裤子跟没穿裤子睡到最后还真没什么区别，因为反正我的肺胀得厉害，怎么也睡不着。当你睡不着的时候，那床舒不舒服已经不重要了。

屋里只剩我一个人了。我冷得厉害，身体反而不打哆嗦了。我艰难地爬起来穿衣，系鞋带走出去，我的裤子没法盖住我的脚踝，它现在已经冰得跟块冬天的铁似的，我的脚底也凉透了。

光是走到餐厅，我就花掉了一整个早晨的时间。她们都吃完了，都挺着肚子坐在椅子上发呆，看见我走进来，全部齐刷刷默契地面带微笑。

男人比我还晚，我们坐在一起，挂着死气沉沉的脸啃完这顿简易的早餐。他没有骂骂咧咧，这倒是让我十分惊奇。他低着头，看上去也是一夜没睡好，眼睛还肿着。

我还是没能将粥喝完。睡了一晚，我比昨晚状态更差了。可奇怪得很，这时我竟还没有放弃去阿里的想法。我都不知道我要离开的真正缘由是为了追随那个"2号上铺"的女孩还是高反了。

一大早上我们就见到师傅挺着胖胖的肚子在寒风中做早操了。他左扭三圈右扭三圈，前俯后仰，弯腰下屈以及左右横跨压腿，最后原地慢跑跳跃。吃早餐的时候他依旧喜欢站在火炉旁边，即使空位很多他也不坐，我们喊他他也不理，十分倔强，好像站在那里就是他的工作之一。用过早饭，他将双手搭在火炉的缝隙处取暖几分钟，然后走到室外点燃一支烟漠然地望着远处。

他昨晚的那个朋友来时他就点头致意，出发前，他们又站在昨晚站过的地方缄默不语，他的朋友一直待到我们即将出发才离开。我们甚至看到他的朋友还站在那里看了他好一会儿才转身离开。似乎男人的友情都是沉默的。

师傅说自然规则在青藏高原并不适用，尤其弱肉强食。在这里，稀薄的空气才是主要规则。这项规则使得这里的生活节奏十分缓慢，出门朝圣少则一两个月，多则数年。"时间在这里并不珍贵，快乐才是。"师傅说。

天气依旧乌云密布，却不下雨。这确实让人泄气。整个上午我们都在赶路，师傅说了一两个地名，我们在地图上也难以找到，总之，我们没法拥有任何主见。中间在一两个小景区停留了一下，其他景区则直接驶过，大家急于驶离这片使人缺氧的高原，哪怕去稍微低几百米的地方也行。车子转悠到中午，师傅终于宣布我们可以吃顿颇为丰盛的午餐了。

这是一个镇子。两旁都是矮小的店铺，鲜有行人，这里连车都很少。只有一条街道，几辆车看上去全都是游客包车。我们到得很早，才十一点多。师傅对我们的嘱咐是：多吃点，距离到达日喀则吃晚饭得将近十个小时。这家店同前一天中午的店十分相似,也是门口院子搭着宽阔的大棚,我们是第一队到达的游客,老板娘安排我们坐在屋里,一番交谈,看得出师傅跟老板也很熟。几句寒暄之后胖嘟嘟的老板娘拿着菜单来了,师傅挥一挥手将她打发走,喊道:"还是老规矩!"

师傅跟几个大汉朝里面的屋子走去。他们全都长得十分高大,留着络腮胡子,看样子应该是当地人,但是看不出他们是不是他的朋友,最后一个进屋前还朝我们这边望了一眼,冷漠凶恶的眼神使人看了联想到不好的事情。

接下来是连续十来个小时的跋涉,可大家一点儿困意都没有了。不过也没有过多交谈。我们的目光都放在了窗外的风光上。光秃秃的石子山开始有些许变化,土壤增多了,天气又从晴朗变得阴霾,继而下雨,河流夹裹着泥沙如粗犷的美术线条般安静又快速地流淌。

我们驶离了"搓衣板路",开到了一段路况良好的国道,阳光又开始照耀大地,接着又进入了坑洼的路段,路也变得更狭窄,最窄处得一方车辆让行才能通过,大家一致对师傅的车技表示由衷的佩服,可就在这时,车子竟然在平坦的沥青路上毫无征兆地熄火了。

林汐一如既往地担心这担心那,将事态往最严重了想。她下意识地朝窗外打量，一望无际的荒野，远处的山脉上堆着少量的积雪。

师傅很淡定地下车。

他从车后部拿出一个白色塑料箱子，就是那种过去用来装酒的便携酒箱，打开车头盖咕噜咕噜地往里加水，然后盖上，上车打火，没打着。发动机只响了一声就灭了，连续打了好几下，车子才咕咚咕咚地发动起来。

车子发出的噪声淹没了交谈声。

"师傅，您这车得换了。"苏玥喊。

"这老家伙陪着我这老家伙习惯了，离不开。"师傅也喊，"这每天几百公里地跑着不出毛病那就不叫车了。生活不易，可不像你们买件衣服换双鞋子，旧了就得换。有些东西轻易不能换，这就是生活。"

车子在一条笔直的道路上突然停下了。师傅说这里是一处人气比较旺的拍摄点，类似于318国道什么的。男人伸长脖子瞧了瞧，说这里一个人也没有，一点儿不像能拍照的样子，并对大家说，一定是师傅自己开车开累了想要休息。女孩们没有理会仍兴奋地跳下车，开始了公路照片的拍摄。这里较前一天的海拔已经明显低了许多，大家的气色恢复得很快。师傅这次没有点烟，他走过来很奇怪地说："我算是发现了，你跟其他人有点儿不一样。"

"哪里不一样了？"我以为他要说什么不好的话。

"就是别人来玩都是尽情拍照。你却不这样。"他见我几乎没怎么拿出过手机，"你好像对这里的景色一点儿也不……那什么，就是你们年轻人喜欢说的，感冒嘛。"

林汐正向我招手，我走过去，她将手机递给我。

她事先已经帮我找好了几个角度，就像教幼儿园小朋友那样手把手帮我固定好动作，我只需点击一下按钮就行。她最后找到了正中间的位置，趁着无车经过，我们拍下了这一幕。云层很厚，唯独在她身后的天边露出一块蓝天，路两边地势走向完全相反，一头是一望无际的淡黄色浅草丘陵，另一头则是由于过于遥远而显得有些低矮的青色山脉,石子铺满了路的两侧，她双手后仰撑着马路，头看向高山，鸭舌帽下的短发显得茂盛而有活力，面容冷酷，下巴轮廓如山脉般凌厉，粗糙的草沙路石子在她的双手下尽显滚烫粗暴。

这张照片她没批评我，但也没有表扬。

高原天气变幻莫测。之前车子路过了一个湖泊，女孩们下车拍照，我们几个男人等在路边，等着等着雨就落下来了。风大得我们都站不住脚。厚厚的云层被狂风一阵又一阵地吹开，但总也吹不散，见不到一丝蓝天。幽青的湖水拍打着布满沙石的岸边，因为常年的严酷环境沙滩都已退化，袒露着坚硬的黄土，锋利的石子挺立着，使人无法赤脚或正常步行。

抵达日喀则时，夜幕还没开始降临。我们离祖国的边界又近了一步，翻过喜马拉雅山就能到达神秘的印度了。印度果然神秘，对自己未曾亲身经历的事情就叫神秘的事情，每个人的神秘都不同。在关卡时师傅让我们下车接受检查，不过事后我们并不知道具体检查了些什么项目，只是顺道上了个厕所。

一天之内，我们已经历完四季和风、雨、雷、电。等到夜幕降临，前面的路况又开始变得艰难起来，绿色再次褪去，雅鲁藏布江正在经历雨季。我们沿着江边一路而上，车辆逐渐增多甚至拥堵，更黄的江水气势磅礴地在夜色中尽情咆哮，使得我们害怕突然发生一次滑坡将我们冲到江里。前面的卡车尾灯晃得大家眼睛发晕，路面基本被压坏了，车子摇头晃脑地走着，大家睡意全无。

我们的肚子饿得咕咕叫。这次是真的饿了，而且是必须有食物下咽才能缓解的饥饿，这与高反时的饥饿完全不同。我们纷纷打开自己携带的零食，开始补充体力，并打听了今晚的伙食情况。当听说食物颇丰的时候，大家疲惫的心总算得到了一丝安慰，不过大家最关心的还是住宿，昨晚没能洗漱，这是大家此刻最大的烦恼。

师傅给了我们足够的选择,他说:"那你们是要吃好点呢还是住好点?"

"这有区别?难道不是事先都安排好的?"林汐不解地问。

"要是想吃好点呢,那就住得简单些,要是要住好的呢,那就只能在吃上将就点了。"

男人说得就十分直接:"也就是说反正钱就这么多呗。"

"很对。"

最后大家一致选择了优先住好。

师傅自信满满地说,这次大家就放心好了,这次住的绝对是日喀则数一数二豪华的酒店,还说出了酒店具体的名字。

建筑逐渐增多,我们已经进入市区了。天还没黑透,依稀间我们见到一些颇为阔气的办公大楼与学校,看着很新,但鲜少有高楼,大多只有几层。我们半信半疑,等到了酒店,橘黄色的灯光几里开外都看得清清楚楚,我们才完全放下心来。我们去市区用完餐才返回这里办理住宿,门口有一条缓冲带和一个斜坡,我们像坐过山车一样先升上去再降下来,这感觉十分滑稽。

大家都默不作声,盘算着这里住一晚得多少钱。我们都不由得摸了摸口袋。

"总算有水洗澡了。今晚必须得好好洗洗。"林汐说。

"你说有没有浴缸呢？要是能泡个澡就好了，我屁股都坐开花啦。"苏玥用手揉着臀部。

女孩们向我们告别。她们与我们不在一栋楼。

开门进了房间，我先围着四周转了一圈。除了没有空调以及窗户靠走廊，其他都还过得去。"这窗户也太敷衍了。"男人走过去拉了拉，将窗户的锁锁上，又将窗帘拉上，才放心地在床上躺下。他动作很轻。我对他的身份简直好奇极了，可他就连他的年龄都不告诉我，他捂得可严实了，哪怕一个年份。他的行为像二十岁出头，面孔却又像三十岁。我晚上睡觉甚至都要提防他突然对我发起攻击，预想中，我设想了种种受害的情景。

我们躺在各自的床上聊了会儿天。

我脑海里一直回忆纳木错边的石象以及半月湾。黑色沙石苦苦围绕着碧蓝的湖水寸步不离，每一次浪花拍岸，都依依不舍。你要是盯着它看上几秒，准以为自己就是悬崖上的一块岩石。西藏是静止的。

"整个西藏竟找不到一个空调。"他抽着烟，吐出一圈又一圈浓烟。

我起身朝浴室走去。

"有热水。"我探头朝他喊。

【13】

这一晚我们休息得很好,至少对我来说是如此。他就不同了。他整个晚上总翻来覆去睡不着,他喜欢把身子弯成一道弓,就那么侧卧着,哼哼唧唧的。早上醒来他问我昨晚有没有吵到我,我说没有,我什么也没听见,我的确什么也没听见,他听了反倒有些不高兴,好像睡眠都被我一个人睡掉了。有的人就是这么奇怪,你要是过得比他好,他就会不高兴。

在珠穆朗玛峰山脚度过了一天一夜,我们浑身上下都冻僵了。由珠穆朗玛峰回来,我们又去了日喀则一座有名的寺庙。它通体刷着朱红色,四周及山脚散落着许多白色、灰色的房子,这看着不像个寺庙,倒像一座城市。我们在入口处检票入场,师傅依旧在外头等候,并说不急着回去,让我们好好逛逛,我们猜他又是要去找哪个老朋友叙旧了。

这座寺庙与布达拉宫完全不同,布达拉宫高高在上,不可冒犯,这座寺庙却融合在诸多当地民居之间,不过我们走过许多矮小的房子才得以见到它的真容。我们沿着入口左侧的巷子前进,房檐矮小,建筑都只有两层,门梁矮得还不到两米,木质的窗台上都种满红色的花,十分娇艳,墙体都刷得雪白,被雨水和骄阳抚摸过后变得灰白。

阳光普照，一只雄鹰在天空静静翱翔。风很凉快，却无法吹散离别前的情绪。林汐竟是第一个跳出来表达这离别情绪的。她穿着十分好看的牛仔裤。

傍晚回到日喀则市区，我们找了一家火锅店边吃边聊。话题基本围绕女孩展开，我与男人闷声闷气地吃着东西，无暇顾及其他。吃到一半，苏玥就放下碗筷，说自己最近胖了，得少吃。

"你可不胖。"林汐望着她说。

"胖了。"苏玥下意识地摸摸肚子，"我之前身材可好了，什么衣服都敢穿，现在就会有些顾虑，担心穿不出效果了。"

"现在身材也好呀，不信你问他。"林汐说。

大家都望向男人。他十分淡定地在辣锅里涮着一片羊肉，边涮边说："让我说，我怕玷污了你们的美貌与才华。"

"你就说好还是不好吧。"林汐就坐在他旁边，她用手肘撞了一下他的胳膊，就像之前在车上撞我一样。不知为何，看见她对他亲热的笑容我就觉得嘴里的肉突然失去了味道。

"非要说的话，那就是好。"男人终于勉为其难地说。

"到你了。"她们又都望着我。

"挺好的。"我如实说。

"什么挺好？我们说的是身材。"林汐提醒我。

"都好。模样好，身材也好。"我把视线放回自己的碗里。

"得。夸人还能多夸的。"苏玥满意地微闭着眼，又朝着男人说，"好好学学，你这副骄傲的面孔得改改了，要不交不到女朋友的。"

男人没理她。

"他不需要什么女朋友的，他是独身主义者。"林汐在一边帮着回答。

"怎么看出来的？"

"你看他有事没事总喜欢自抱双臂，这样的人是不会主动去拥抱别人的。"

男人没有再回话，只是夹起一个肉丸吃起来。

光吃实在不得劲。在苏玥的提议下，我们决定每个人分享一个故事，或者一个人。

苏玥首先说起了自己高中暗恋的一个男生的故事。那个男生是校篮球队的成员，也不是像小说里说的那种长得又高又帅或队长什么的，就挺普通的一个成员，个子也就刚过学校篮球队规定的一米八的样子。就是这个男生，让她喜欢到现在还割舍不下。她说有一次跟朋友去篮球场找同学，因为她朋友喜欢她班里打篮球的某个男生，结果没找到人，还被一群隔壁班的男生起哄围住了,其实他们倒也不想干什么坏事,无非是想借机耍嘴皮子捉弄一番,正嚷嚷着纠缠着,突然一个球飞过来砸到了其中一个人身上,紧接着一个高个子男生跑过来说对不起,说球是不小心砸过来了。这群人一见这人是校队的,起初还有些担心,毕竟校队此时就在篮球场训练呢,不说人多势众,至少个子就给人以压迫感。这群人以为这人是要来英雄救美,本来有些退缩,但见他如此有礼貌,甚至可以说是彬彬有礼,便突然硬气起来。

他一脸疑惑,望望苏玥和她朋友,又望望这群人,十分认真且肯定地说:"我不认识她们。我不是来解围的。"

"我当时就觉得这人肯定不靠谱,"她说到一半,抱怨说,"一般人就算不想充好汉,至少也会很委婉地表达,他倒好,显得好像我们多拖累他。我当场就认定他是个怂货。"

看到这情况,这群人突然嚣张了起来,为首的一个说:"那正好,兄弟们今儿就给你们认识认识。你只要叫我一声爷爷,我就放了她们。"

这原本是一句玩笑话,没想到他竟然当真了,他十分奇怪地看了看苏玥又看了看这群人,说:"好。爷爷求你放了她们。"

说完他就拍着球走了,过后这群人才发觉自己上当了,中了他的圈套。

"太帅了。"她对我们说，"当时我就觉得这阳光这么美好，树木这么葱绿，一切都来得刚刚好，我觉得就是那种环境让我爱上了他。对，我爱的不是他这个人，我爱的是他当时所处的那个环境，那个氛围。"

"后来呢？有没有进一步发展？"我很好奇。

"有。"她十分爽快，"变前男友了。"

我微笑着奉承："你倒是真勇敢。"

"她喜欢一个人是藏不住的。"林汐笑着说。

苏玥看着我，我下意识地躲开了她的目光。

下一个故事轮到男人。男人冷漠地说自己没有这类爱情故事，不过他可以讲讲自己小时候的事。大地震那会儿他才十几岁，就读于四川某个小镇上的中学。他的父母和他的弟弟妹妹被永久掩埋在了地下，救援人员把他救出来的时候他哭了，他说周围的人都不行了。为首的消防员叔叔对他说，别哭，以后好好活着，替他们把没活够的时间都活够了。但他仔细在草稿上算过，要是按照目前人类的平均年龄来算，他要活够四千二百一十八岁，才能替他们把剩下的时间活够，此外还不考虑半个世纪后人均寿命增长的因素。不过他又在草稿上算了另一笔账，按照今年全国意外死亡率十万分之二来算，每十万个人就有两个人会意外身亡，如此一算，他就只需要活三千一百零八岁了。但这显然还是不够活。

"我后来发现我得去救人命才行。我要是能救四十二个人，那就只要活够我自己的这份就行了。"他说。

他说自己的确朝这个方向想过，但不到一秒立马就打消了这个念头，因为要是操作不当后果更加严重。

"我想我还是老老实实、脚踏实地地活着吧。"他说。

思来想去，他就想到裸辞这个法子了。他没有跟谁商量，他差不多当天晚上决定下来，就当天晚上发了条短信给人事部门的，第二天就不再去公司，直接搭上最早一班车离开了大都市，一路向西。

我们又是一言不发。

"现在我才知道，"他说，"活够的意思不是说活够多么长的时间，而是好好活。我还一个劲地计算，生活可不是计算出来的。"

接着队里的一个女人说起了她的故事。她结婚比较早，跟先生是初恋，又是大学同学，毕业的那一年也是他们结婚的那一年。婚后的美好时光一直持续到她的第一个孩子降生之后，柴米油盐开始寻上门来了，每当这时她就回想起他们结婚前的一件事。那时他们还没有见过对方父母，但她去见了他的外公，一个快百岁了还依旧下地干活儿的庄稼汉。可说庄稼汉又不太妥当，因为他年轻时曾担任过一所农村小学的校长。她的男朋友——那时候还不是先生——带她去的那个下午正是盛夏的末尾，酷热难当，知了在树上鸣叫，外公坐在一棵透着光斑的树下织草鞋，这令她十分不解。男朋友告诉她说这是因为外公在年轻时失去过一个孩子，就因为草鞋太大，孩子跑不稳，摔死了。

其实也不一定就是因为这个，但外公一口咬定就是鞋子的原因。此后外公一有时间就做草鞋。他说："人活着就一口气的事。等我彻底没气儿了，就不用再做草鞋了。"

她说自己从未想过一个老人能活得这么坚韧，婚后的生活固然不如恋爱时想象得美好，但离那最后一口气还差得远呢。

故事已经讲完，然而还不尽兴。

大家已经差不多吃好了，便催促我赶紧说我的故事。我想了会儿，把火车上那个中年男人跟女孩的故事讲给他们听。我说我在火车上遇到一对奇怪的情侣，他们看着像父女，实际却是情人。我说我刚开始就觉得女孩有什么隐情，后来发现他们也确实有隐情，女孩有抑郁症，是瞒着家里跑出来的，他们一路跑到了西藏，在前天住宿的地方我还碰到过他们。种种迹象都表明，他们的旅行并不简单。不仅女孩，男人似乎也有隐情，他在火车上被警察带走配合调查，但他逃跑了。

"那你不报警？"苏玥十分吃惊。

"我只是猜测，也许没有想象中那么复杂。"我说。

男人正盯着手机看得起劲呢，这会儿突然抬头看了我一眼，我被吓了一跳。

我望着男人继续讲："而且，我看那个男人对女孩并没有恶意。相反，他对她十分温柔。"

林汐对此并不认同："那要是当面对她温柔，背后别有用意呢？"

我突然想到一件事。我摸摸口袋，摸到了什么。

"我好像有个线索。"我从兜里掏出一张纸条举在空中。

"这是什么？"

"男人写给女孩的信。"我说。

所有人都看着我。毫无疑问，这里面一定包含了某种重要信息。

"胡说。"苏玥笑着嚷道，"你压根儿就不认识他们。"

我想了想说："你说得没错。我确实不能说认识他们。我跟他们没有多少交流。这张纸条，是他被警察带走后通过我的手交到她手上的，而她又被警察带走后，将它遗忘在了餐桌上，我觉得这算是纪念品，要是他们以后回来要了，我还得还给他们。"

"快打开看看,也许有很重要的信息。"

"也许一点儿也不重要。"

正说着,苏玥探起身,一把将纸条抢过去读起来:"我最爱的小来,请你一定要跟警察同志回去,不要来寻我。我是个坏人,有些事我没告诉你,也没法告诉你,你太爱哭了,我怕你哭。"

大家沉默着不说话。

"这就念完了?"

"没了。"

"什么也看不出来。"

"很明显,他说自己是个坏人,但对女孩而言他是个好人。那么问题来了,他是个好人还是坏人?"

"这个问题好。"男人突然灵机一动,看着大家:"我们对一个人而言可能是好人,但对其他人而言就是坏人了。"

这个纸条看不出任何线索。这不是给我们看的,这是给那个女孩看的。大家都望着我。

"可能吧。"我说,"当时她看完纸条立马就哭了。"

一片沉默。

大家举杯结束晚餐。

故事在接连的碰杯声中落了幕。

【14】

在回酒店的路上,苏玥讲起一件她拿不定主意的事情,让我们帮她出出主意。她最近认识了一个男人,对方邀请她去他房间。

我十分好奇这个陌生男人到底是谁。她开始闭口不言,等我已经失去了兴趣,她反倒巴不得告诉我,就是隔壁车队的一个男孩,这个男孩长得高高瘦瘦,也不知是不是巧合,大家在观光的时候,她的手机突然掉了出来,他捡起还给了她,就是这么简单的一件小事使两个陌生人有了联系。出门在外,多交一个朋友是很好的事,他轻易要到了她的联系方式,这一联系,就是好几天。她的车队在前头,他的在后边,每到一处落脚点,他们都会点头致意,但很少当面交流。

"差不多,是网友的关系。"她说。

可就是这么一个网友都让她为之心动,这有点让人无法理解。女孩们真会因为一件不起眼的小事爱上某个男孩。嗯,就是这么一个陌生男人,突然邀请她离队,跟他去结伴而行。

"两个人的单独旅行?"我锁着眉头瞧着她,想要跟她确定这个消息。

"算是吧。"她显得十分犹豫。

"那就要看你的意思了。"我松了一口气。因为终于搞懂事情的原委了。

"可我还没准备好。"她笑得很是惊慌的样子,摇晃着身边的人,紧张得像个小孩。

这模样看了让人想笑。我不是取笑的意思,而是因为觉得她可爱而想笑。

"准备什么?"我怕误解她的意思。

"她的意思是她还没想好去不去他房间。"林汐替她说了。

"她还真去?"我感到不可思议。

"可不。"她悄声凑过来对我说,"我可告诉你,她一晚上都在跟我说她跟他的故事,这个男孩她可喜欢了。她还给我看了照片,我觉得,嗯……很一般,可她非说喜欢得不得了。那个男孩邀请了她不止一次,我们在珠峰脚下的时候他也对她发起过邀请,要不是我强行制止,估计这会儿她早没影了。"

"可我该怎么回复他?"她在向我求助,"他刚刚又给我发信息了。"

"去。你去。"我把玩着一根狗尾巴草。

"可我怕。"她露出担忧的神色。

"怕什么呢?"

"怕去了不知道说些什么。我怕尴尬。"

"那就不去。"

"又有点儿可惜。"

"那就什么都不要想了。"

她最后也没去他房间，自然也没答应离队跟他单独离开。

我们唯一帮到她的，就是研究了如何回复他合适。事后她也觉得自己竟对一个陌生人产生情愫这件事很不可思议。

在返回拉萨的途中，我们又经过了卡若拉冰川与羊湖。

我们远远就感受到了卡若拉的魅力，隔着老远，师傅就对我们介绍说那就是卡若拉，高原上的不眠美人儿。我们在沥青公路上拍了一组以卡若拉为背景的人物照，车辆稀少，十分适合拍摄公路照。林汐竟主动要求我为她拍照，而我拍的照片竟然也令她十分满意。她身后的卡若拉沉默且优雅，一堆白云堆积在山顶，天空的其他角落蓝得不挂一丝云彩。她戴着白色鸭舌帽，短发在帽子下面饱满得爆出来，她侧脸看着路的一侧，眼角瞥见卡若拉冰川之角以及一句立在草地上的宣传语，她依旧摆着自己喜欢的姿势，就这么侧着脸，双腿一前一后弯曲着，两手往后撑住马路，一袭黑色西装上衣和白得褪了色的牛仔裤干净而阳光，天气十分炎热，她的上衣领口很低，两处光溜溜的锁骨显得脖子十分秀美。眺望着卡若拉，我想起海明威笔下的《乞力马扎罗的雪》，我想我这辈子是不会去非洲了，但我可以像画家一样，将卡若拉进行粗笔勾勒，山顶雪白、山腰砂灰、山麓翠绿，往上是天空湛蓝，往下是沥青公路黝黑。

在到达卡若拉之前，我们停在了一个较小的湖泊面前。这不是一个必停的景点，但师傅说时间还早，可以看看。后来我们看了才知道，这个湖泊在当地是十分有名的一个地方，它的湖水是绿色的，像春天新发的嫩芽，这在别处难以见到。

湖就在路边，因此我们没走多远就到了拍照的地方。这里人流相对稀少，湖在光秃秃的山脉之间，显得十分寂寞。在卡若拉时还有些许绿意，到了这里就又被荒凉的景色包围了。

我们的落脚点离湖面很高，足有百米，人站在悬崖边便有种眩晕感。不过大胆的苏玥还是拉着林汐在相对安全的边缘自然地拍着照，那里只有石头可以落脚，我无事可做，就帮她们拿衣服。她们穿的衣服太重了，都是呢子大衣之类的，我实在想不明白她们为什么喜欢穿这么重的衣服，我肯定不会穿这么厚重的衣服，羽绒服我倒是很喜欢，又轻便，又保暖。我也很不喜欢穿西装，因为穿久了会像有两个秤砣压在肩上，实在吃力。

阳光真是灿烂。天空像喝醉了酒的姑娘静静地坐着，无风无鸟，这里是绝对的静。我就这么帮她们拿衣服，一动都不想动。我走到崖边朝下望，一阵头晕。

我们继续沿着这条土路往卡若拉冰川前进。我们翻过了几座山，上完几个大坡又下完几个大坡，卡若拉就在不知不觉中隐藏到我们身后的乌云里了。

我们到了一片阴沉天空的区域。又过了一段，荒凉的山脉出现了绿色草坡，我们都感觉卡若拉越来越远了，车子正在驶离它，在一座不知名的高山前，卡若拉只露出了一角，就像羞涩的女人将身体埋在灰色的被褥里，只将一只眼睛露在外面瞧着外面的情形，一旦发现危险，就要整个埋进去。这座巨大山体始终与我们保持距离。

就在一个不经意的瞬间，我们在什么冰川都看不见的山脚下突然停了下来，车子过了一座桥就突然停在了路边，师傅说我们到了。

我们下车一看，一条清澈翻滚的溪水携带着天边的卡若拉冰川的雪水朝我们奔流而来。

我们一下车就感到一股寒气，大家纷纷把自己的厚衣服披在身上，只有林汐外套也没穿就迫不及待地朝前走了。男人和我走在最后。他一下车就整个人都哆嗦了，他踩着小碎步慢慢向着溪水的上游走。

遥遥看见庞大的冰川耸立在崇山之间，山口是一片开满鲜花的草地，宛如一个巨大的陷阱。在进山前游客都聚集在一片空地上拍照，远离溪水的山坡上开满了紫色的花，偶尔还会出现一些黄色的花，碎石与青草夹杂，花朵立于其中，无比美丽。

女孩们在拍照。苏玥这会儿瞅见我，便招呼我过去。她有些冷，但挡不住此刻的美景，我帮她拍了一张以冰川为背景的照片。她戴着墨镜，脸稍微朝上，下巴瘦削而俊美，山谷里的冰川吹来的风令她看上去有一种紧张感。这张照片她十分满意。

我后来就一个人走了，我想这样至少走得会轻松些。这里上山只有一个方向，那就是沿着溪水向上游走。跟着它走，就能找到神秘而美丽的卡若拉。

这里没有路，溪水相距不远倒是有一条像被溪水冲刷而成的"路"，但"路"上都是鹅卵石，裸露着土壤的地方则插着刀剑一样锋利的薄石片。它们都是大理石材料，坚硬无比，踩上去鞋子都要被割断了，我只好挑有鹅卵石的地方踩。

陆续有人从上边下来，我偶尔会打听一下前面的路况和路程。走累了我就去溪边看一会儿溪水，水很冰，我用手在水里划了几下，就不得不把手插到兜里暖和暖和。

我走得很快，不久就将其他人甩到后头了。走着走着，前边就没人了，连一个路人都没有。

走了将近一个小时，我在溪水的上游见到了正在拍照的林汐。溪水上游是一处由冰川水汇集而成的小湖泊。不过她不是一个人，旁边还有一个像模像样地举着单反相机的男人，看上去也就二十几岁。他太高了，林汐站在他身旁只到他胸前的位置。他们的脑袋凑在一起正在低头欣赏刚拍的照片，他们踩在水边浅水区的鹅卵石上，一副旁人不得靠近的姿势。

　　我本可以过去打招呼，但我没有，我想我还是不去打扰他们为好。我朝前走了走，一直走到没有路，我很想到对岸去，但两旁山势过于陡峭，无路可爬。不少乱石从山头滚落下来铺满了道路，我得时刻留意突然落下的石头。我感到十分寒冷，这里温度已经比山口又降了十来度。

　　林汐看见了我，朝我喊。我挥了挥手，算是回应。我没有朝她走去，我还是在原地来回走着，这时走过去我实在不知道说什么，而且我还不知道他们的关系到底怎么样，我怕说错话，或者说我怕用错意。

　　见我没来，他们便又拍起了照。我看得出那个男的很想卖弄一番，因为我看见他已经为她拍好照了，还在热情地交谈。她还被逗笑了，鬼知道他说了些什么竟能把心事重重的林汐给逗笑了。我知道他正在卖弄，别问我是怎么知道的，我就是知道。此外我也发现她并不反感他的卖弄，反而用笑声来鼓励他继续卖弄似的，还听得十分认真。

如此种种迹象，使得我就站在原地什么也不做，我既不走过去，也不拍照，我就站在这里吹着寒风，好像卡若拉的压迫可以吹散我的烦恼。这里美极了，我光是站在水边都觉得很幸福。光站在水边，都能看见卡若拉那优美的风光。

　　林汐朝我走来了，说她在向那个男的请教拍照技巧。我没有听她的话，我脑子里一直在想着他将手搭在她肩上，他们一起拍合照时的场景。

　　回到拉萨前，我们又去看了羊湖。这最后一天的旅行令大家对西藏有些恋恋不舍。

【15】

车到了拉萨的时间还早,大家各自散去,约好晚上去酒吧蹦迪。

女孩们都已经洗漱完毕,有的甚至重新换了个发型,脸也干净了,有新衣服的都将新衣服换上了,无一例外她们都搽了口红。这种场面我还从未见过。我是说在这些天的旅行中从未见过。

酒吧的吧台号是苏玥联系的,至于是怎么联系上那边的工作人员的我们不得而知。车子在指定地点把我们放下,她举着手机导航继续前进,可越走越黑,最后连路灯也没有了,在寻找酒吧的过程中我们迷了路。这使大家都想到了师傅,他在西藏开车从来不用导航却从不迷路。我们差不多迷路了个把钟头才找到入口。

门口灯火通明,霓虹灯给人一种浪漫的遐想。入口的工作人员喊着让大家依次排队,给我们每人发了一个不知什么材料做的手环戴在手腕上,并在手背盖了一个章,就让我们进去了。

站在这群人中间,我感觉自己寒酸又土气,甚至就跟没穿衣服一样。旁边的人都是三五成群、勾肩搭背的。这里的一切都做得很小，卡座很小，沙发很小，正是因为这样，人们才能亲密地挨在一起增进感情。

要是换个场合，我可能会十分乐意听听音乐、喝喝小酒，但是在这里我压根儿没法听清任何人说的话。对，任何人。就连跟挤在一起、坐在旁边的人说话都要嚷嚷着才能听到。一个年轻的服务员穿着燕尾服朝我们走来，他帮我们打开酒水，便离去了。

我们举着酒杯碰了一个，就不知道接下来该干什么了。我很讨厌就这么坐着，大家都不说话。关键是也没法说些什么，因为你要是想说些什么，你就必须得走过去或者俯身过去，用吃奶的力气喊出仅有的几个字，还要十分难堪地等待对方听清了自己的话好给自己回话。要是对方没听清，你可能会再一次这样做，也可能就这么尴尬地沉默下去，最后一笑了之。

在这里，你简直没法说话，我是说跟人交流。你当然可以说话，那就是你能跟自己说话。我就这么在心里跟自己说着话。

举目望去，大厅里得好几百人一起在狂欢。卡座里人最密集，不少人在抽烟。再就是跳台两侧的沙发卡座，那里的人要想蹦迪非常方便，翻个身站到沙发上就行，我们这些靠墙的沙发离跳板也非常近，两步就能跨上去。

大厅尽头是一个非常高的表演台，眼下还不到深夜狂欢的时刻，因而显得十分冷清，只有几个 DJ 在播放着节奏感极强的音乐。不少人慢慢地站到跳板上开始蹦迪，在音乐的带动下，女孩们跃跃欲试，也跳了上去。

我与男人坐在原地，碰着酒杯。后来我们干脆丢掉了酒杯，各开了一瓶汽水边喝边喊。

"拿酒瓶子喝汽水，这不侮辱人吗？"他凑过来喊。

"是侮辱人。"我长话短说。因为喊着说话实在吃力。

"你什么时候离开拉萨？"

"不清楚。看情况。"

"还有计划？"

"没有打算。"

后来他就自己去逛了。我坐着坐着又睡着了。醒来后发现旁边的一桌人已经走了，又重新换了一桌人。女孩们跳累了就回来休息一会儿，休息够了就又跳了上去。在跳板上跳的人都疯了。在她们的怂恿与拉扯下我也试了几次。确实，我也疯了。我们这群人也许只有男人没疯，他已经不知道跑到哪里去了，我偶尔才会见到他站在一个角落盯着蹦迪的人看。后来在我厌倦了这种蹦迪之后，也加入了他的行列，和他一起观看。在这种场所看别人跳远比自己跳来得痛快，而且你也不用担心人家会认为你的眼神不礼貌。相反，在这里不被关注才会觉得自己被冒犯了。待到女孩们又都重新上去后，邻座的一个长相凶狠的人，竟十分客气地拿了整整一箱酒给我，我本能地拒绝。

"我不喝酒。"我冷淡地说。

"拿给你的朋友们喝。"他笑着说。虽然他没有看我们的那些女孩，但我知道他看见了。因为女孩们回来后都会跟我讲几句话。

"但也不需要这么多。"我说。

"没事，我们也喝不了这么多。"他说。的确，他那边也就几个人，桌上却堆满了酒瓶子。

"那谢谢了。"我举了举手里的酒瓶。

他和我碰了一个，就又回去跟同伴交谈了。我想我是想多了。但我还是很谨慎地没有多喝，甚至男人回来后我特意在他耳边叮嘱说这些酒是隔壁送的。我的目光一直盯着手机上的时间，我怕时间太晚了青旅关门，关了房间门没关系，要是关了大门，那我就只能从窗户跳进屋里。

另外我发现了一件十分奇怪的事情，那就是苏玥。她不知何时跟跳板下一个沙发上的几个男孩玩到一起去了，后来林汐也加入了，再后来其他几个女孩都加入了进去。她们朝我招了好几次手，我又是挥手又是摇头，表示自己不过去。我实在想不明白她们在干什么。后来一个女孩干脆起身跑过来。

"她们让你过去。"她拉起我的手,将我从沙发上拉起来。我甩开了。

"不了。"我有些心不在焉。

"走吧。你一个人在这儿也不好玩呀。"

"我就在这里等你们。"我坚持地说,"你们玩。"

她最后只好怏怏地回去了。坐在苏玥身边的一个男孩回头朝我瞅了一眼,我朝他张开手掌给他看了一眼,向他示意我是这些女孩的同伴。有好一会儿我没太注意那边的情形,因为我邻座的这一边又陆续来了不少人,顿时这边又热闹了起来,我就这么静静地坐着听他们嚷嚷着聊天。

突然听到酒吧里有人吵了起来,我看见一个学生模样的女孩冲着刚才送我酒的男人破口大骂,骂的什么我听不清楚,周围实在太吵了。她看上去也就二十出头,扎着两根马尾辫,穿着非常可爱的短裙。她的脖子长得十分秀美,眼睛也非常大。她开始是在这里玩的,可玩着玩着就突然给了男人一脚,接着破口大骂,男人没有与她一般见识,可她仍骂骂咧咧,骂着骂着竟哭了起来,后来不知她从哪里拿出来了酒瓶子,哐的一声将其在桌子上打碎,幸好一位看上去像经理的工作人员及时从身后抱住了她,才阻止了这场风波。

场面一度十分混乱,引起了好几桌人的注意。这位经理站在他们中间,看上去跟两边都认识,这场风波历经了半个小时后又重归平静。

女孩像没事人一样坐下来,但她不吃不喝,光拍照了,我看不出她是他们的朋友还是一个路人。

这时我再看苏玥那边,场景也变得令人费解起来:其他女孩都不知去向,只有林汐陪着她,而她,竟躺在了旁边一个男的怀里。那个男孩看上去二十岁左右,十分老练地一手抱住苏玥的肩,一手摇晃着杯里的酒,同林汐聊着天。即使隔得老远,我也能瞧见苏玥的脸红得跟个猴屁股似的。

我心里犯着嘀咕,但又不能有任何动作,毕竟林汐还在那儿呢,她一点酒都没喝,十分冷静。我想看看其他人在哪儿,可是哪儿都找不着人。

我去了一趟洗手间。你要是去过酒吧,就一定知道这些酒里到底掺了多少水,你可能刚喝不久就得去一趟洗手间。这个时候已经渐渐进入疯狂的时刻了,表演台上先后上台了好几个所谓的大咖,他们喊着麦,可真正玩乐的人们压根儿不朝表演台上看,他们疯狂地蹦迪,摇晃脑袋和脖子。

灯光像雷电般扫着地面,我什么都看不清,只能摸索着到洗手间才稍微喘了一口气。这里的洗手间简直宽敞得不像话,这哪里是厕所,这分明就是另一个大厅。后半夜苏玥几乎都是倒在那个男人怀里沉睡不起。要是我没看错,那个男的还多次亲吻了她。不对,应该说他们在热吻较为合适。

林汐最后搀扶着她摇摇晃晃地朝我这边走来,是时候离场了。她睡得太死了,完全没注意是谁在扶她。那个男人也在扶她。他与林汐几乎是一人一条胳膊将她扶了过来,但看得出他们之间有分歧,因为林汐好像有些生气了,她虽然笑着,但每当她想双手扶住苏玥时,男人总会让苏玥朝他身边靠,他几乎就要得手,将苏玥完全抱到怀里。我们队里的那个男人这时已经去吐了,还没回来,我简直没法相信他会喝这么多酒。对方有三个人,虽然看起来比我年轻一点,但我还是设想了一下万一发生冲突,我该怎么以最快的方式打翻对方为首的人,也就是正在抱住苏玥的人。

我朝他们走过去,林汐用求助的眼神望着我——或者说我认为她在向我求助,她虽然仍面带微笑,但显然对不省人事的苏玥无可奈何。

"怎么了?"我问她。我表情很严肃,且略带严厉。

"她喝醉了,他们不让她走。"林汐仍旧死死抓住苏玥的一只手臂,好像只要稍微松懈苏玥就会被人薅走。

为首的年轻人嬉皮笑脸地说:"我们没有不让她走。是她自己不走,非要跟我们走。"

我以为我看错了。我真想给他一拳。他的嬉皮笑脸令我很不舒服。

"是这样吗?"我没有理他,只问林汐。可我没从林汐口中听到想听的回答。

"他说得没错。"她说。我好一会儿沉默,眼睛一直盯着苏玥。她确实醉得不省人事,头靠在男孩胸口。

"她能说话吗?"我问林汐。

"我刚刚问了,她确实是这么说的。"林汐说。

她太实诚了,显然没懂我意思。

"你再问问她,我要听她亲口说。"

"我试试。"

林汐摇晃着苏玥,苏玥闭着眼睛说:"来,再来一杯"。

"你是跟我们走还是跟他走?"林汐贴着苏玥的耳朵喊,好让她听清楚。

苏玥迷糊地红着脸转头,嘴蹭着男孩的脖子,贴在他耳边说了句什么。

"她说她要跟我们走。"男孩大声地宣布,"走!"他朝身后的两个同伴使了个眼色,他们同他一样,特别年轻。我挡在前面,让他们没法通过。

"让一下。"他很客气地嬉皮笑脸,试图绕过我,却没有得逞。这时苏玥突然清醒了，她很奇怪地看着抱着自己的男孩，有些不可思议，又有些恋恋不舍。"马小日——"她向我投来求助的目光。这是她怕被男孩带走的恐惧。

"她不想跟你走。"我说。

男孩显然也没想到会这样。

"她刚才还说要跟我走。"男孩有些焦急地说。

"那她现在说不想跟你走了。"我底气硬了起来。老实说，跟这些男孩站在这里大声而严肃地谈话，我有些烦了。

"听着，年轻人，"我确实有些不耐烦了，想揍人，我上前一步，"你多大了？"我的语气中带着怒火，其他人都不敢动了。

"反正成年了。"他模棱两可，眼睛都不敢看我。

"我看你还是学生吧。"我已经很不耐烦了。

"我不是学生，已经毕业了！"

"噢？那在哪儿上班？"

"这你管不着。她得跟我们走！"他大着胆子说。

我沉默着没说话。我现在不看苏玥了，而是盯着他看。

"你再说一遍？"我按捺住自己的怒火，从嗓子里挤出这几个字。我觉得我都能将他吃掉了。

"我说她得跟我们走。"

"你的意思是她不愿意跟你走了,你也要硬带她走?"

"没错。"

突然啪的一声,一个耳光打在他脸上。我打了他一巴掌。全场人几乎都沉默了。林汐扶着苏玥小心地往边上挪,但他还是抓着不放。不得不说我实在太愤怒了。他摸了摸被打的那边脸,说:"现在我能带她走了吗?"

"不能。"我冷漠地瞧着他,他明白了想带走她是不可能的了。

"你是大学生?"我冷漠地瞧着他,口气很不客气。

"快毕业了。"

"你知道她多大了?"我又对他说。

"多大?"他竟十分认真地看我。

"比你想象的大。"

"我不在乎她是否比我大。"

"可你太小了。"

"我毕业就娶她。我们都说好了的。我们聊了很多,我从来没这么喜欢过一个人。"

"说好了的?"我疑惑地望着林汐问。

她很不好意思地笑:"她喝得确实有点大,什么话都说了。"

"乳臭未干的小屁孩说什么说!"我吼道,十分恼火。

我发现这种对话再继续下去实在没意义。我的青旅都快到关门时间了。

"走！"我对林汐发出着命令，同时一把将苏玥从他手里抢过来，让她扶着先走，我断后。

但男孩还不肯撒手，他一路试图去拉苏玥，就这样，我们一群人用一种很奇怪的姿势出了酒吧大门。

令我印象深刻的是，在离座前，那个邻座的先前大吵大闹的女孩朝我望了一眼，像是有意的。我甚至怀疑，她跟这个男孩本就认识。在大门口我们终于遇见了其他小伙伴，大家这才明白发生了什么事。

拉萨的夜冷得要命，路边挤满了正要打车回旅店的客人，大家在路边哆嗦着等车，决定就在此散伙。那个男孩仍旧带着两个同伴紧紧跟随，苏玥蹲在地上犯困，林汐守在一旁，我去前面拦出租车。

"对不起，急用。"我很不客气地抢在一对情侣之前上了一辆出租车。这样对他们说，我一点也不内疚，倒不是为了急着替苏玥解围，而是我的青旅马上就要关门了。嗯，我就用这种方式抢到了这辆出租车。

"往前开，前面还有人。"我对师傅说。

车子稳稳停在苏玥身边。我开门下车，将后门打开，让林汐扶苏玥先上车。

"等等!"男孩依依不舍,眼泪都要急出来了。他已经不嬉皮笑脸了,可能是意识到马上就要失去苏玥了。

"你还想她跟你走?"我冷冷地盯他。

"不。你带她走。但是,"他又转头对林汐,"我能加她微信吗?要是她改变主意了,让她明天找我。"

"她不会改变主意的。"我说。

"加一个吧。算我求你了。"他几乎是哀求了。

"加一个吧。"林汐主动开口,"但是她现在昏迷不醒,你先加我的。晚点儿我让她加你。"

我冷冷地看了男孩一眼。

"那就这样吧。"我说。

他们加完微信,我就带上她们火速离开了这个混乱的地方。窗外的街灯不停地闪到身后,路上空无一人,鸟兽也无。师傅问我们去哪里,我说先送她们,再送我。我们在车上都没有说话,我累极了,一想到刚才的混乱场面,我就按捺不住地激动。但此刻我又有些后悔,我想了很久,最终还是对后排说:"我得麻烦你件事,等明天苏玥醒了你跟她说,我对不起她。我也许坏了她一桩好事。"

"哪有的事。你做得对!"林汐在后排说,"谁知道他们是好人还是坏人。"

"不是这个原因。"我说,"我是突然想到,她既然亲口对他说过那样的话,那我就真的坏了她的好事了。"

"不过,"我又想到了什么,"她怎么会……对这样的人一眼就坠入爱河?"

"她没谈过恋爱。"

"她不是说自己有过喜欢的人?"我很惊讶。她先头说起那个篮球运动员头头是道。

"那是骗你们的。"

"接着说。"

"我在一旁一直听他们聊了好久。他们什么都聊。这真让我开眼界了,有些事她连我都没告诉,竟告诉了一个刚认识的陌生人。"

我们就这样聊着,也不知道聊这些有什么用。苏玥还一直昏睡不醒呢。

"反正你记得帮我跟她说声对不起吧。"我说,"我真怕自己坏了她的好事。"

车子最后在几天前师傅接她们的巷口停住,一切宛如昨日。

"再见。"我说。

"再见。"林汐朝我挥手,扶着苏玥朝黑黢黢的巷口走去。

【16】

半分钟后车子将我抛下，我摸黑走在没有月亮的拉萨小巷，我又冷又饿又困，只想快点儿回到青旅躺下休息，我的腰都要断了。我摸黑回了熟悉的青旅，大门没关，院子里还亮着灯，但一个人影也没有，现在已经是半夜一点多了。我踮着脚尖迈着小步穿过院子，进入大厅，爬上楼梯，朝自己的房间走去。

我推了推门，门纹丝不动。室友已经将门锁上了。楼道安静，一个人也没有。

我退了几步，瞧见那间之前住满女生的房间的门竟然是虚掩着的，没有办法，我想我可以从这儿跳窗，从窗户爬进我的房间。可我不确定里面是否有人。我敲了敲门，并低声询问有没有人，无人回答。我就推门进去，房间里有三张床，室内整整齐齐，一看就没人住，我不敢开灯，怕被人瞧见被当成小偷。我很容易就摸索到了窗户边上。窗户比我想象中的高，我轻手轻脚推门进来，又轻手轻脚扒住窗台跳上去，再轻手轻脚跳下去，晾衣服的阳台上挂了几件客人的衣物，我摸索到自己房间的窗户边上，去拉窗户，手却被割了一下，窗户纹丝不动。事实已经摆在面前：窗户也从里面关了，上了锁。我又换了个窗户，这里一共有三扇窗户。可没一扇是开着的。

无路可走已是事实。最后未经许可，我在这间无人居住的房间睡了一晚。

清晨的阳光照进来，我冲了个热水澡，打开手机，查看大家的消息。

有人已经坐早上七点的飞机回华北平原了。有人要搭乘下午两点的火车返回西安。男人一个人流浪去了。只剩下苏玥、林汐和我三个人。

她们约我去逛，不过我们实在想不到拉萨还有什么地方可以逛的。最后我们的一致意见是：吃。差不多到了十二点，我洗漱好换了衣服打车到了林汐发来的位置。林汐早到了，苏玥还未到。我们坐在靠窗的一张桌前等她。服务员给我们上了一壶免费酥油茶，我们边喝边等。

"你什么时候走？"她双手握着茶杯问。

"明天，或者后天。我还没买票。"我喝了一口热腾腾的奶香味酥油茶说，"你呢？"

"我不走。"她说。

"不走？不用工作？"我十分困惑。

"我不想走。"她有些迷茫地望着窗外。外边阳光灿烂，完全没有我们旅行路上的阴沉。阳光从窗户顶端的彩色玻璃泻下来，照在她脸上十分好看。我一直看着她，眼睛没看别处。

"真美。"我由衷地说。

"是啊，真美。"她望着窗户外披着红色外衣、白色纱绸的布达拉宫发呆。

"我是说你。"我望着她说。

"说话有进步。"她微笑道。

"跟拍照一样有进步？"我笑着说。

她捂嘴笑，很不好意思："我不是故意埋汰你，实在是，对照片而言稍微地偏差就会导致效果不一样。"

"对，我就总是差那么一点点。"我说。

苏玥来后，我们点了几道从未吃过的特色菜。总体感受挺不错，大家的看法是早知道这里有美食，那就不去什么纳木错卡若拉的，干脆在拉萨吃吃喝喝玩玩乐乐才痛快。吃完饭我们又走路去对面的小山头看布达拉宫，我们体力消耗很快，在西藏的随处一个小山头都爬起来很费力。之后我们又去布达拉宫广场走了走，那里人很少，接着又从原入口出来一路步行到八廓街，因为林沙说那里有一家百年老店，酥油茶做得尤其好喝。我们走着走着，走进了一家有着圆木柱子的店里，店面都是老旧的，桌椅也十分破旧且拥挤，漂亮的穿着藏族服饰的女孩来回穿梭为客人服务，我们简直没地方站，这里几乎都是老人。

最后我们被安排在一个角落与一群老人家坐在一起,我们相视而笑,不知下一步该如何应付,趁着女服务员走开的瞬间,我们丢了摆好的茶碗撒腿就跑,一直跑到了大街上。最后我们总算找到了主干道边的一间二楼的店,一连两个下午,我们都泡在那儿,因为那儿不仅可以看到布达拉宫,还能欣赏往来拍照的游客的美照。

在这个茶楼我们消磨了在拉萨的最后时光。下午阳光美极了,三角的经幡在风中飘荡,阳光刺透它的身体,你能清晰地瞧见它上面用墨水写的经文。我们谈论着一些无关痛痒的话题。

苏玥说她故事中的"前男友"联系她了,求她原谅。

"他今早还叫我一起去玩儿来着,我没答应。"她说,"他不知道我在拉萨。"

我突然想起昨晚林汐对我说的话。此刻我很想求证苏玥故事的真伪,却最终没有开口。林汐皱着眉,望着我轻轻摇头。我想她是怕苏玥知道她已经对我说了她的小秘密。于是我始终没有开口。

"好样的。"林汐撞了一下她的杯子,饮了一口茶。

"真没答应?"我有些不信。

"我说今天没空,改天。"她很硬气地说。

"昨晚那个男孩呢?"我问。

"他年龄还小呢。"林汐捂嘴笑着。

"你是来拉萨疗伤的,结果又带了一道伤回去。"我挖苦地说。

"没事,这都是美好的回忆。"她望着我笑,像是故意对我说的。

我们就东拉西扯,聊的都是过目就忘的东西。

我们又回顾了一些这几天旅行的事情,给人的感觉就是除了阴沉的雨天,在那些有阳光的日子,天气又热得不行。

在这里,无论到哪儿都很晒。

第二天上午我们照旧找了一家特色餐馆吃午饭。依旧是我和林汐先到,苏玥姗姗来迟。她说最近手头紧,太穷了。

这家店的装修堪称豪华。我发现林汐剪头发了。

"没错,刚剪,今天早上。"她说。

她正端起一碗汤,因而抬脸瞧见了我:"你刚才那个眼神是什么意思?"

我刚才看着她的新发型出神。

我正要说好看,她就先发制人:"来。听你狡辩。"

我正要开口辩解,她又说:"别,别勉强自己硬夸。"

我叹了口气,用眼神向苏玥求助,但是她微笑着做了个无能为力的表情。林汐没等我说话,继续说:"当时跟理发师讲,就稍微卷一卷，自然的那种。不承想是这样一种效果。"

吃了午餐，我们又跑到前一天下午的那个茶馆坐了一下午。聊的也是些有的没的话题。我就要离开拉萨了，晚上苏玥提议我们去一次清吧，听乐队演出，算是为我饯行。

没过多久，乐队开始演出。不久苏玥就出去接了个朋友回来，不久林汐也去接了个朋友回来。就我一个人傻乎乎地坐在那儿，我觉得我要是不叫个朋友过来，那简直就是在出洋相，可是我连手机都没看，因为我无人可叫。我难堪极了。

我有点儿想离开这儿了。我想立马回家去。可她们已经将我介绍给她们的新朋友了。为了不丢她们的脸，我像模像样地与他们碰杯干了一个，就这样，在酒精的作用下，她们怂恿我把心里的秘密说出来。苏玥甚至直截了当地说，她就是为了我，才组的这个局。

"你可以问林汐。"她说。

林汐乖巧地点头："她说的是真的。她是为了你。"

我有些头晕起来，我笑着，捂着脑袋，一会儿看台上的乐队，他们正卖力地演唱，一会儿瞧苏玥，又瞧瞧坐在她旁边的男的。这男的身材十分高挑，令人着迷。我没在认真听她们说话，我光看他了，我光想着他是苏玥特意叫来的。我还一直以为这次聚会只有我们三个人。

"人多热闹,这样你才能将心里的秘密说出来。"她喊着。

乐队演出进入高潮,我们已经有些听不清对方在说什么了。我最后也没有把心底的秘密说出来。我被她们灌了几瓶酒,摇摇晃晃去了趟厕所,回来后不久我就起身说要告辞了,太晚了,我怕旅店关门。其实我知道旅店是不会在夜里关门的。我的室友半夜三点还有演出呢。林汐也起身告辞,这倒令我很困惑,而且她还对那个男的说了些客气话,苏玥倒是一点儿也不想走,她兴致很高,所以林汐就跟我出来了,留下她跟那个男的在那儿。

走到外头,风很冷。我们哆嗦着等车。

"车马上就来。"她说。

她在网上叫了车。我们没有说话,就这么干站着。我有什么秘密,就连我自己都不清楚。被这么冷的风吹着,我的脑袋一下就清醒了。倒是她,好像还是醉醺醺的。我本想跟她说些只想对她说的话,但一跟她单独相处我就犯了尴尬,我觉得难堪极了,再加之我还没有从她叫来那个男人的醋意中缓过劲儿来,我现在一点儿也不想搭理她。她好像哭了,边哭边在群里发起了视频聊天,这下全部的人都能瞧见我酒后脸红得跟猴屁股似的了。她边哭边倾诉着,她说她想这次旅行的每个人,她哭完还要拉着我一起说一些离别的话,我站在镜头前一个字都说不出来。

"你醉了。"我望着她说。

"我没有。"她的眼皮都没力气抬起了,站得东倒西歪,我只好上前扶住她。

"她醉了!"我朝视频那端的伙伴们喊。

这场突然的道别仪式在她的哭声中落下了帷幕。我将手机塞回她衣兜里,她蹲在地上哇哇地哭得很伤心。几个在路边抽烟的男人都侧目朝这边望了一眼,我差点儿都要转身回去叫苏玥出来安慰她了。我实在不擅长哄女孩子。

后来,车来了,她终于不哭了。在车上,她似乎也为自己刚才的失态感到难为情。师傅倒是知趣得很,一言不发,专心开车。

"你什么时候走?"我没话找话。

"不知道。得过几天吧。"她平静地说,"我不想走。不想回到之前的生活。我想以后在拉萨定居。"

我没再说话。车子会先经过她的旅店。我一直想开口,却一直没开口。她马上要到站了。我也不知道自己想要对她说些什么。我只是想拥抱一下她,或者说点算得上道别仪式的话。但我最后什么也没说。就像去大学报到那天我坐在公交车上,阳光透过绿叶不停地打在我的脸上,周围都是同龄人,但大家沉默不语，从未交谈。

她到站了。

"再见。"我说。

我挤出一丝笑容，手抬起来又立马放回到膝盖上。我还是什么也没说。虽然我很难过，但我也说不清是为什么。

"再见。"她倒是很爽快地说，好像很开心能够离开了。

她已经走下车了，又坐回车里，抱住我。

"还记得那个赌约吗？"她没让眼泪掉下来，眼泪在眼里打转。

"关于我的？"我摸了摸她的脸。她点头。

"那天她对我说，她看见一个很像她前男友的男人，跟我们同车。于是她打赌说会让你爱上她。"

我震惊得说不出话。一直以来，我都以为苏玥是在捉弄我。我沉默着，许久才问："那么你们谁赢了？"

"我赢了。"泪水在她的笑容里悄然滑落。

我永远记得她那花朵般的笑容，像黑夜里的一钩弯月。

后来我才知道她跟我是同一天走的，就在我走后。

我利落地收拾行李，轻松出门。很奇怪，来时背包十分沉重，这会儿它还是一点儿没变，我却觉得肩膀那里很轻松。

路过楼下大厅时我又见到了那个躺在沙发上的女孩子，她照样玩着手机，眼睛不看别处，脚在沙发上悠闲地摇晃。我好奇地问她跟她一起的那个男孩子怎么不见了。

她说他已经走了。她表情毫无变化，好像走掉的是一个毫不相干的人。我还以为他们关系挺好的呢。

"有没有奇怪的人来找过我？"我回过头问她。

"没有。"

"一个也没有？"

"一个也没有。"她抬头看了我一眼。

听到这个答案我就放心了。

我的车是下午两点的，外头阳光很强。我有些心烦。很多事情都令我心烦。

我到了火车站，这时却发生了一件让我激动不已的事，我在背包里找到了一张纸条，是"布兰妮"写的。上面写了一行数字，还有几个汉字。

我脑袋嗡嗡的，惊讶极了。我差不多像被人吓了一跳那样愣在原地，然后站起来环顾四周，想要找到一个出口。我焦急地拿起背包甩到背上，拨通了电话。

大厅里过于嘈杂。

好一会儿那边没有声音。

电话里出现一个女人的声音。

"是我，1号上铺的那个。"我欣喜地喊着，却说不出别的话。

"你等等。我这会儿在忙。"她说着像是要挂断电话。那边有人在喊她，还有一阵盘子碰撞的声响以及混杂的人声。

我以为她要挂断电话了，忙问："你在哪儿？"

"我在阿里呀。"她说，"等我一会儿，我在打电话！"她对那边的人喊。

"你说。"她的音量恢复正常了，"有什么事吗？我这会儿挺忙的。"

"你还记得我吗？"这我得先确认。

她在电话里的笑声十分好听，像风铃。

"骗子。"她笑着说。她还记得我的那张欠条。

我一时激动得说不出话。我没想好接下来是否该去找她。

"你给我发一个地址，我来找你。"我简直在胡说八道。

"好。"她笑着说。

"我有个故事讲给你听。"我说。

说完我们就结束了通话。我一直寻找的东西就出现在我最初遇见的这个人身上。

原来抬眼侧目之间就是我要寻找的答案，它让我的世界如此美妙清澈，重新燃起希望。白云下的拉萨沐浴着阳光，多日的晴朗使得拉萨河重归清澈,我觉得四周光秃秃的山不再那么荒凉,这是西藏独有的景色。